恋はいつもなにげなく始まって
なにげなく終わる。

林　伸次

幻冬舎文庫

人はなぜ、バーテンダーに恋の話をするのだろう。バーテンダーは利害関係の外にいるから、あるいは多くの恋愛を見てきているから的確なアドバイスをくれることを期待してといったことがよく言われる。

でも、本当は特別な理由はない気がする。人はカウンターに座って、酒が入ったグラスを手にすると、なぜか目の前の酒を扱っている男に恋の話をしたくなるのだろう。

あなたは恋をしたことがあるだろうか。誰かのことを大好きだと思って真夜中に切なくなったことはあるだろうか。その気持ちが相手に伝わり、相手も自分のことを思っていて、心から抱きしめあったことはあるだろうか。

しかし、すべての恋はいつか消える。

あの恋はたしかにあったはずなのに、あの時、誰かのことを強く好きだと思った気持ちはたしかに存在したはずなのに、いつか消えてしまう。

私はそんな存在したはずの恋を書き留めて、この世界に残しておこうと思った。

恋はいつも
なにげなく始まって
なにげなく終わる。

東京、渋谷に、少しだけ涼しい風が吹き始めた九月の夕方、こんな日は『アーリー・オータム』がバーのBGMにぴったりだと思い、アニタ・オデイのレコードを取り出した。

「私は夢にも思わなかった、秋がこんなに早く訪れるなんて。あなたもそう思うでしょ。あまりにも早いって」

ハスキーボイスでちょっとはすっぱな印象のアニタ・オデイが堂々と歌いきる。

バーの中に秋の訪れを感じていると、扉が開いて、三十代前半くらいの女性が入ってきた。花柄の水色のワンピースの胸元は大きく開き、そこから見える白い肌が眩しい。切れ長の目とすっと通った鼻筋に、少し前の中国映画の女優のようなうちに秘めた華やかさがある。

「一人ですが」と彼女は落ち着いた声で言って、少し微笑《ほほえ》んだ。

私が「どうぞ、お好きな席へ」と伝えると、一番入り口に近いカウンターの席に座った。

「お飲み物はどうされますか？」

「私、なんだか落ち込んでいて。心がときめくようなお酒が欲しいんですけど、そういうのってありますか？」

「それでは、最高の出会いという意味があるキールはどうでしょうか？　夏の終わりにちょうどいい気もします」

「キールって白ワインにカシスですよね。どうして最高の出会いという意味があるんですか？」

「昔、フランスのある街の市長が、地元のアリゴテという品種の白ワインをなんとかしておいしく飲ませたいと考えて、カシス・リキュールを混ぜて提供することを考案したんです。このアリゴテの白ワインの酸味やミネラル感とカシスの出会いがあまりにも素晴らしかったので、キールには最高の出会いという意味があるとされています」

「なるほど。じゃあそのキールをください」

私は細身のワイングラスにアリゴテ種の白ワインを注ぎ、冷蔵庫で冷やしてあるカシス・リキュールを足した。

そのキールを彼女の前に出すと、彼女は色を眺め、香りをとり、そっとグラスを口に運んだ。

「おいしい！　これはたしかに最高の出会いですね。あらためて由来と意味を説明してもらうと、白ワインとカシスの組み合わせの素晴らしさがよくわかります。そうかあ、私も最初はきっとこんな風に良い出会いだったんだろうなあ」

「何かあったんですか？」

「マスター、聞いてもらえますか？」

「もちろんです」

「恋愛に季節があるってご存じですか？」

「恋愛に季節ですか？」

「そうなんです。じゃあ春から説明しますね。恋愛は春から始まります。

実は恋愛って、春が一番楽しいんです。

お互いが好きかどうかを、メールの文章を何度も読み直して、『やっぱり私のこと女として気にはなってるんだ』って確信したり、『渡さなきゃいけない物があるから』って理由があるフリして、わざわざどこかで会ったり、なにげないフリして【じゃあお礼にごはんでもどうですか？】ってメールしたりしますよね。

少しずつ距離を縮めていって、『もう絶対に私のことを好きなはず』って確信が出てきて、でもどうかなあってちょっと不安になって、でも彼が妙に近いなあって思ってたら、突然彼が手をつないできてドキッとしたり。あの感じすごく楽しいじゃないですか。一番苦しいし、一番楽しいんですよね。

恋愛の春の終わりはキスなんです。ドキドキが一番高まった時に彼がキスしてきて、それで恋愛の春が終わって夏が始まるんです。

二人だけの夜を経験して本格的に恋愛の夏が始まりますよね。マスター、相思相愛の恋人たちは一日の八十パーセントくらいの時間、相手のことを考えているって知ってましたか？ホント、そうなっちゃうんですよね。もう職場でも、友達とお茶を飲んでる時でもずっとずっと彼のことばかり考えてしまって、たぶん彼も私のことばっかり考えてくれてるはずなんです。それがすごくわかるから幸せなんです。

真夜中に突然、彼に会いたくなったりするのも夏の季節ならではです。メールで【会いたい】って送って、彼も【俺も会いたい】って送ってくれて、彼が私の家までタクシーで来てくれたりするじゃないですか。なんかすごい勢いでドアのところで抱きしめあって、そのままエッチしちゃって、その後で『お腹すいたね』とか言って、真夜中に近所のコンビニまで手をつないで行ったりして。楽しいんですよねえ。ほとんど病気なんです。彼と抱きしめあっているだけで気持ちいいっていうか、彼も私の抱きしめ方で気持ちが伝わるから本当に幸せなんです」

「わかります」

「でも、この間、突然、秋の風が吹いたんです。マスター、ＬＩＮＥの文章って、届いた時に、スマホの画面に一行だけ表示されるの知ってますか？」

「通知が来るんですよね」

「そう。その通知を見て、急ぎの用事じゃなければＬＩＮＥを開いたりしないで、そのままにしちゃうんです。そしたら既読にならないから、相手にも『ああ、今、忙しいから携帯見れないんだなあ』って思われるので、ちょっと面倒くさい相手からのメッセージだと、そのまんま放置して既読にしないってよくあるんです」

「なるほど」

「最近、彼、それがたまにあるんです。以前はそんなこと絶対になかったのに。彼、どんなに忙しくても私のメッセージはすぐに見てくれて、すぐに返事をくれてたんです。それがここ最近、明らかに既読にしないで放置しているんだなってわかることがあるんです」

「本当に忙しくてスマホを見れないだけなのかもしれないですよ」

「いえ。そういうのってわかるんです。不思議ですよね。裏をとったわけじゃないんだけど、ああ、今、彼、既読にしてないだけで用件は伝わってるなってなぜかわかるんです」

「そうなんですか」

「この間、ついに既読になったのに返事がこないことがあったんです。その日、私は『あ、秋が始まった』って気がついちゃったんです」

「返事がこないことってそんなに大事件なんですか？」

「そうですね。普通じゃないです。というか、恋愛の春の頃は『急いで返信しちゃいけない』とかセーブする気持ちがあるんですけど、もう確実にどんなことがあっても返信するんです。

恋愛の夏の時はとにかくずっとずっとどっちが先だったかわからないくらい、連絡ばかりしちゃうんです。【好き】とか【何してるの？】とか【会いたい】とか【こんなの食べてる】とか、もうそんなことばかり送っちゃうんです。

返信がないってもうおかしいんです。スタンプでも【(笑)】でも何でも、言うことがなくても返すんです。というか返したいんです。だからもう秋なんだなって気づいたんです。たぶんこれからちょっとずつ、やり取りが少なくなって、会うのも少なくなって、冬が来るんです。

マスター、恋愛に季節があるとして、その季節に逆戻りはあると思いますか？」

「そうですね。秋から夏や、夏から春には絶対に戻らないですよね。同じように、恋愛の季節も逆戻りしないかもしれませんね」

「じゃあ、季節が進むスピードをゆっくりさせるっていうのはできると思いますか？」

「それはできそうですね。ずっと気持ちを告げないで心が熱い状態で止めておいて春のままでいるとか、夏になってもそんなに会いすぎないとかはできそうです。

会いすぎてお互いのことを知りすぎて秘密がなくなっていくと、季節は早く過ぎ去っていくような気もします。

でも秋になると、冬はあっという間に目の前に来そうですね」

「マスター、恋愛の秋も楽しんだ方がいいんですよね」

「そうですね」

「秋も楽しんであげないと、私の恋愛がかわいそうですよね。あんなに春や夏を抱きしめたんだから、秋も冬も抱きしめます」

「いずれは消える、もうすぐ終わる、とわかっている恋でも、最後の輝きを見届けるのが、その恋を美しくする気がしますね」

「ああ、そう考えると、恋の秋や冬の季節も切なくていいものですね」

彼女はそう言うと、最高の出会いという意味のキールに口をつけた。後ろではアニタ・オデイが「秋が来るのがあまりにも早い。あなたもそう思うでしょ。あまりにも早いって」と歌っていた。

私のバーには結婚を控えた交際中の男女がよく来る。渋谷の街で映画やライブを見た帰りに軽くバーで飲んでいこうかなという男女や、休日に買い物をして彼の家に向かう前に二、三杯バーで飲もうかなという男女だ。

そんな彼らはある日、「今度僕たち結婚するんです」とバーテンダーである私に告げる。バーテンダーとしては、一番嬉しい瞬間だ。どういうわけか、私も彼らの恋愛劇の脇役になっているような気がして、ハッピーエンドが近づくと「良かった」と思い、乾杯をしたくなる。

その後、そのカップルはしばらく私のバーには来ない。若い二人の新婚家庭を想像してほしい。二人で都会の暗いバーで飲むというシチュエーションは存在しない。しかし、数年後のある日、「お久しぶりです。今日は子供を実家に預けてきたんで」と言いながら来店してくれることもある。

秋も深まり始めた十月のある日、久しぶりに来店された男性もそんな一人だった。レコード会社に勤める藤原さんは二重の大きい瞳が印象的な男前で年齢は三十五歳。髪の毛は少し長めで真ん中で分けていて、グレーのポロシャツに紺色のジャケットをはおり、白いジーンズをあわせている。

「こんな風にカウンターで座って飲むのなんて本当に久しぶりです。マスター、今夜は三日月がすごく綺麗《きれい》だったんで、なにか月に関したカクテルをいただけますか？」と藤原さんからリクエストがあった。

「では、あまり有名ではないカクテルですが、ムーン・ライトなんてどうでしょうか？」

「有名ではないんですね。月のカクテルってあまりないんですか？」

「そうですね。もっとあっていいはずなのに、私はこれしか知らないです。アポロのせいかもしれないですね」

「アポロのせいですか？」

「一九六九年にアポロが月に到着してからは、月への夢がなくなったのか、月に関する名曲が出てこなくなったと聞いたことがあります。カクテルの名前に月をつけるのも同時に流行《はや》らなくなったのだと想像します」

「面白いですね。じゃあ、そのムーン・ライト、いただけますか？」

私は冷凍庫からミキシング・グラスを出して氷を入れ、ヘネシーとチンザノ・ロッソを注ぎ、アンゴスチュラ・ビターズとシロップを足し、ステアした。

大ぶりのショートカクテル・グラスに注ぎ藤原さんの前に出して、ターンテーブルのレコードをアストラッド・ジルベルトの『フライ・ミー・トゥ・ザ・ムーン』が入ったレコードに替えた。

藤原さんはムーン・ライトを口に入れてこう言った。

「これが月の光の味なんですね。アルコールは強そうですが」

「古いスタイルの良いカクテルです」

「マスター、今かかっているの『私を月に連れてって』ですよね」

「よくご存じですね」

「このアストラッド・ジルベルトのレコード、僕の義理の父がくれた十二枚のレコードの中の一枚で、これをかけてちょっと素敵なことが起こったんです」

「十二枚のレコードをもらったんですか。それはいったいどういうことなんですか？」

「以前よく一緒に来てた僕の妻、覚えていますか？」

「お酒が好きで、音楽や映画にも詳しくて、とても素敵な方ですよね」

「ありがとうございます。その妻の父親がすごいコレクターなんです。妻の家にはお義父《とう》さん専用のオーディオ・ルームがあって、壁一面に一万枚くらいのレコードが並んでるんです」

「一万枚ってすごいですね。奥様の実家にはよく行かれるんですか？」

「ええ。結婚前には二ヵ月に一回、妻の家の食事に誘われました。彼女の家族はみんな料理をするのが大好きで、お義父さんとお義母《かあ》さんと彼女と彼女の妹が四人でわいわい言いながら、夕食の用意をするんです。

料理は毎回、季節を感じるものというテーマが決まっていました。夏には夏野菜をたっぷり使ったもの、冬にはジビエにこだわってという風に、フレンチやイタリアンを中心に、中華やタイ料理のアレンジも加わって、とにかくどんなレストランよりも自由でおいしい料理が作られました。

そして、食事の時はとにかくみんなたくさん飲みます。ビールから始まって白ワイン赤ワイン、お義父さんもお義母さんも彼女も彼女の妹もたくさん飲んで、たくさんの話を僕たちはしました」

「楽しそうですね」

「食事が終わると僕も加わって、みんなで後片づけをしました。マスター、ちょっと酔っぱらって家族みんなで洗い物をするってすごく楽しいものなんです。さっきまで油やソースで汚れていたお皿が綺麗になって片づいていくのっていいものです。その後はお義父さんのオーディオ・ルームに集まりました。みんなこだわりのコーヒーや手作りのケーキ、とっておきのシングル・モルトのウイスキーや話題のお店のチョコレートといった食後の楽しみを持ち寄って、好きなところに座りました。

お義父さんがかけるレコードには毎回テーマがあって、『今夜はフランク・シナトラの人生を振り返りながら、彼のレコードを聴いてみよう』とか、『今夜は一九六九年に発表されたレコードだけをたくさん聴き比べてみよう』って感じなんです」

「それは私も参加したいですね。仲が良さそうな家族ですね」

「そう思いますよね。僕も彼女に一度『本当に仲が良い素敵な家族だね』と言ったことがあるんです。彼女には『あなたが家に来る二カ月に一回だけのことなのよ。他の日はみんな忙しくて全然顔を合わせたりしないの。あなたの存在がみんなをつなげているの』って言われました」

「そんなものなんでしょうかね。その後、お二人は結婚されたんですよね」

「はい。彼女との結婚式の日に、彼女のお義父さんが僕にレコードを十二枚くれたんです。多分、どれもが発売当時に買ったものなんですが、お義父さんが大切にしていたことがひと目でわかる、とても綺麗なレコードで。
内容はビートルズやグレン・ミラー、『ティファニーで朝食を』のサントラと、このアストラッドのアルバムもあるし、まったくバラバラで、お礼の後の言葉に詰まってしまって」

「いったいどういうことなんでしょうか」

「お義父さんがこう言いました。
『このアルバム全部に、必ず一曲は〈月の曲〉が収録されているんだ。お願いがある。満月の日にはこのレコードのどれでも良いから一枚、うちの娘と一緒に聴いてくれないかな？』
その言葉を聞いて、レコードをゆっくりと見てみると、たしかにどのアルバムにも〈月の曲〉が収録されていました」

「ああ、そうでしたか」

「僕がそのレコードを眺めているとお義父さんがこう説明しました。『結婚すれば喧嘩することもあるし、イヤなこともあると思う。でも、満月の夜にはレコードをかけて〈月の曲〉を聴くと決めたら、幸せな家庭ができるかなと勝手に思って。まあ嫁の父の最初で最後のわがままを聞いてください』

僕はお義父さんに『ありがとうございます。もちろん、満月の夜には必ずお義父さんのレコードをかけて愛する彼女と聴きます』と伝えました」

「いいお義父さんですね。奥様とは今でも満月の夜にお義父さんのレコードを聴いているんですか？」

「もちろんです。このあいだ三歳の娘を連れて、満月の日にあわせてキャンプに行きました。誰もいない山奥で、お義父さんからもらったアストラッド・ジルベルトの『私を月に連れてって』をかけていたら、娘がそこで踊りだしたんです。親馬鹿なのかもしれませんが、月明かりの下で踊る娘の姿がとても幻想的で。思わず妻の手を取って、僕たちもたどたどしく一緒に踊ってしまいました」

「素敵な話ですね。アストラッド・ジルベルト、もう一度聴きましょうか」

「お願いします」

私のバーでは、アストラッドがずっと「私を月に連れてって」と歌い続けた。

アメリカのマイケル・フランクスという歌手の『ザ・レイディ・ウオンツ・トゥ・ノウ』という美しい曲がある。

この歌の中では彼女は「なぜ彼が去ってしまったのか」とずっと理由を知りたがっている。

十一月の寒い夜には、こんなマイケル・フランクスの温かい歌声があうだろうと思い、このレコードをかけると、バーの扉が開いた。

入ってきた男性は、コートを脱ぐと、スーツの上からでも胸板の厚さがわかった。おそらく若い頃にスポーツをしていて、今でも身体を鍛えているのだろう。髪の毛は短く刈り上げにし、真っ直ぐこちらを見て人なつっこい笑顔で「こんばんは」と言った。

私も彼の笑顔につられて少し微笑み、「いらっしゃいませ。お好きな席にどうぞ」と返す。

彼は目に付いた私のすぐ前の席に座り、鞄《かばん》を足下に置き、ネクタイを少しゆるめ、ゆっくりと店内を見回し、最後に私の方を見た。

「マスター、こんな注文ちょっと迷惑かもしれませんが、幸せな恋人たちにぴったりのワインって何かあるでしょうか？」

私は少し考え、「レザムルーズ、フランス語で恋人たちを意味するブルゴーニュのワインがありますが、いかがでしょうか」と答えた。

彼は最初の人なつっこい笑顔を見せて、「それでお願いします」と言った。

私がレザムルーズを開けて大きなリーデルのブルゴーニュ・グラスに注ぐと、部屋いっぱいに華やかな香りが広がった。

「このワインのエチケットは、オーナーの息子さんの奥様が描いているそうなんですが、彼女は日本人なんだそうです。一家全員が日本びいきらしくて、そこの蔵のレザムルーズはほとんどが日本に輸出されるということです。日本の恋人たちに飲んでほしいんでしょうね」

私はボトルを彼の前に置き、説明した。

彼はレザムルーズのグラスをゆっくりと回し、香りを吸い込みこうつぶやいた。

「こんな感じです。彼女はまさしくこういう気品があって、そしてとてもチャーミングな存在だったんです」

「こういう女性に恋をしたんですか？」

「はい」

「その彼女とはどこで出会ったんですか？」

「高校生の時です。クラスに女優をやっている女の子がいました。中学の頃からちょこちょこテレビのドラマとかに出てたんですけど、高校生になってからは映画で主役とかもやり始めてて。

高校だけは出ろって親に言われてたらしくて、出席日数ギリギリで時々学校には来てたんです。

彼女、本当に可愛かったんです。髪は真っ黒で肌は白く、目は少しだけつり上がったアーモンド形で、このワインのような華やかさがあって、しかも笑うと彼女の周りが一瞬にして温かくなるんです。輝いているというのはこのことだと思いました。

僕、彼女のことをすごく好きになっちゃって。彼女が学校に来て、教室で座っているのを見かけたら、もうそれだけで嬉しくて嬉しくて。

彼女と仲良くなれるなんて絶対にないってわかってたんですけど、帰りの廊下で彼女にすれ違った時に目があって、何か魔が差したのか、その勢いで『あの、お願いがあります。メールアドレスを教えてください』って言っちゃったんです。

そしたら彼女、『いいよ』って笑いながら言ってくれて、その場で携帯電話を鞄から取り出してメールアドレスを交換したんです。

他の生徒たちも周りで見てたみたいで、あっという間に話題になったんですけど、当然ですが、僕なんてちょっとした気晴らしだろうって言われてました。

撮影所にいっぱいいるだろうすごい売れているアイドルの男とは違って、僕は特別な未来も何もないただの青くさい男子高校生です。

でもそんなの関係ないぞと思い、家に帰って彼女が掲載された雑誌を見ながら、自然に、とにかく自然な文章で、なんでもない友達に話しかけるような言葉づかいで、と自分に言い聞かせながら彼女にメールしました」

「いいですね。若い頃の自分の恋を思い出します」

「すぐにメールが戻ってきました。

【本当にメールくれたんだ。ありがとう。私、全然学校行ってないからクラスで浮いてて。今、学校でどんなことが流行ってるか教えてもらっていいかな】

僕はあせっちゃダメだと思ったのですが、すぐに返信しました。すると彼女からもすぐに返信が来て、結局その夜は何度もメールを往復させて、あっという間に仲良くなりました。

彼女が知りたかった学校のことがとにかく話題になりました。どの男子が一番モテるかとか、あの女子は付き合っている年上の男子がいるとか、イジメられている生徒がいたけどみんなで助けた話とか、いろんなことを教えました。

彼女も仕事の悩みとか演技のこととかいろんなことをメールで教えてくれました。たぶんそんな話をできる友達が撮影所や俳優の中には一人もいなかったんだと思います」

「そういうものでしょうね。女優という職業は周りはみんなライバルですから本当の悩みを聞いてもらえる友人が欲しいのかもしれません」

「半年くらいでしょうか。毎晩、彼女とメールのやり取りをしました。その頃から彼女は前よりも学校に来るようになったので、学校の噂はもちろん、売店のどのパンがおいしいかとか、あの先生のテストはこの辺りがよく出るとかそんな話をしました。僕はやっぱり彼女の大ファンで、彼女が出た雑誌は全部チェックしていたので、誕生日が今度の日曜日だということに気がつきました。

もうこのチャンスを使うしかない、これを逃したら一生後悔するって思って、彼女に思い切って【雑誌見たよ。今度の日曜日、誕生日なんでしょ。一緒にディズニーランドに行かない？】ってメールしたんです。

彼女も【いいね。私、ディズニーランド行ったことないんだ。行こう行こう！】って返してくれました。

僕の気持ちは最高潮でした。帽子とサングラスとマスクで隠せば誰も気づかないよ、大丈夫だよ、とか、ジャングルクルーズは絶対に行った方がいいとか、そんなことをメールでずっと相談しました。

ディズニーランド行きの前日、土曜日の朝ですね、僕の自宅にスーツの男性二人組がやってきました。彼らは玄関で僕に名刺をくれました。名刺には彼女が所属している芸能事務所のロゴと社長の名前と担当マネージャーの名前があり、『長野くんですね。ご両親と一緒に女優の一条かおりのことをお話しできませんか』と言いました。

話はこうでした。彼女の携帯電話はずっと担当のマネージャーがチェックしていたそうなんです。僕と彼女の関係は、いろんな悩み事も相談しているようだし、友達としてならまあいいかなと思ってたらしいんです。でもデートとなると大きい映画の前にスキャンダルは困るということでした。

社長が言うには、一条かおりにはもう何億円も動いているし、事務所としてもこれからのCM出演や活動のことを考えたら、とにかく困ると。彼女のおかげで、小さい事務所のたくさんの人たちの給料が出ていて、それでその人たちの家族も養っているなんてことも聞かされました。

友達のままでいてもらうのは全然構わないんだけど、彼女が二十二歳くらいまでは一切のスキャンダルはナシでいてほしいから、ここは本当に申し訳ないんだけど、ディズニーランドは何か用事ができたことにして、断ってくれと二人の大人が僕の家のリビングで突然土下座をしました。

一条かおりが成功するかどうかに小さい事務所の運命がかかっているそうなんです。

僕は二人が見ているその場で彼女に断りのメールをしました。

彼女はすごく楽しみにしてたみたいなのですが、あきらめてくれて。それから彼女はドンドン忙しくなって、僕も受験勉強が始まって、メールは途絶えました」

「それからは一切連絡はとってないのでしょうか？」

「はい。それでも僕、やっぱり彼女のファンでずっと映画もテレビも雑誌も全部チェックしていたんですけど、この間、雑誌に載ってた彼女のインタビューで気になる答えがあったんです。マスター、これ読んでもらえますか？」

〈私、高校生の時にすごい失恋をしたんです。すごく好きな男子がクラスにいて。私、もしかして両思いなのかな、もう女優なんてやめて、この人と結婚しようかなってずっと思っていたんです。本当に好きで好きで、学校はもう単位足りてるのに、スケジュールを調整して、彼に会いたいから学校に行ってたんです。

それで初めてのデートをしようって話になって、私の誕生日にディズニーランドに行くことになったんです。もう本当に嬉しくて嬉しくて。どこかでキスとかされたらどうしよう。この服で良いかなあ。そう言えば彼の私服って見たことないなあ。どんな格好で来るんだろうってずっと考えていたら、前の日に突然、【風邪をひいたから行けない】って一言だけメールが来て、その後、すごく冷たくなって。

私、何かしちゃったんだろうなあ、変なこと言っちゃったのかなあとかいろんなことを考えました。理由がわからないんです。でも私の初めての恋は終わったんだなって、お仕事頑張ろうって思ったんです〉

「そうですか。彼女、そんな風に考えていたんですね。それでどうされたんですか？」

「もしかして彼女のメールアドレス変わってないかもって思って、思い切ってすぐに彼女にメールしてみたんです。【久しぶりです。長野です。インタビュー読みました。話したいことがたくさんあります。もし良ければ今度どこかでお茶でもいかがですか？】」

「どうでしたか？」

「【お茶なんて行けません】って一言だけ戻ってきました」

「ああ、やっぱりそうですか。相手は有名な女優ですからね」

「僕、【そうですよね。なんか高校生の時の気持ちでメールしちゃいました。すいません。ホントすごい女優になりましたね。今でもずっと一条さんの映画やドラマ観てます。これからも応援しているから頑張ってくださいね】って返しました。

その後、こんなメールが戻ってきたんです。

【お茶なんてイヤです。ディズニーランドに行きましょう。長野くんとじゃなきゃ行かないって決めて、私まだディズニーランド行ったことないんです。このメールアドレス、いつか長野くんからメールが来るかもって思って変えなくてよかったです】」

「ディズニーランドはいつなんですか？」

「明日です。日曜日です。ディズニーランドの帰りにまたこのワイン、彼女と飲みに来ますね」

そう言うと彼はおいしそうにレザムルーズを飲んだ。

後ろではマイケル・フランクスの歌う『ザ・レイディ・ウオンツ・トゥ・ノウ』がかかっていた。

十二月三十一日、人が少なくなった渋谷を歩いていると目に付くのが近代的なビルの入り口の門松だ。おそらく外国人にはとてもエキゾティックに見えるはずだが、日本人としては門松が登場すると年末のゴタゴタはすべて終わったんだと思い、穏やかで静かな気持ちにさせられる。

こんな静かな夜の空気を埋めるにはこのアルバムしかない、と考えて、私はビル・エヴァンスの『ワルツ・フォー・デビイ』というレコードを取り出した。このアルバムには『マイ・フーリッシュ・ハート』という曲が収録されている。

「気をつけて。私の愚かな心。ただの誘惑なのか本当の愛なのか、こんな夜は区別がつかなくなっちゃう」と、女の子の危なく揺れる恋心を歌っている。

その曲がかかると、二十代後半くらいの女性が扉を開けて入ってきた。髪はショートカットであまり見ない形の白いモンクレールのダウンジャケットを着ている。瞳は大きく鼻が少し低い。

彼女は「年末の最後の一杯を飲みに来たのですが良いですか?」と、ちょっとはにかんだ笑顔を見せた。真っ白な歯と赤い口紅のコントラストにドキリとさせられる。

私が「どうぞどうぞ」と案内すると、彼女はカウンターの真ん中に座りこう言った。

「私、よくバーで飲むのですが、そう言えばマティーニって飲んだことないのに気がついたんです。バーテンダーの腕前はマティーニを頼めばわかるって言いますよね。マティーニってそんなにすごいんですか？」

「『007』の映画や、『アパートの鍵貸します』でも印象的なマティーニが登場しましたし、チャーチルやルーズベルトが愛した格式の高いカクテルでもあります。

二十世紀前半の若者にとっては『マティーニを飲んでおけば間違いない』という飲み物でした。それを『ステータス・ドリンク』と呼びます。

一九六〇年代に入り、若者はそんな『ステータス』に反発し始めます。

若者たちにマティーニは飲まれなくなり、ある者はワインやペリエに、ある者はＬＳＤやマリファナへと向かったわけです」

「なるほど。マティーニはある時期の『ステータス』だったわけなんですね。マスターはマティーニはお好きですか？」

「正直に申し上げますと、味わいはとてもクラシックな印象なので、現代の普通の日本人が何も知らずに飲むと『強くて飲みにくい』と感じるでしょう。しかしこういうカクテルを背筋を伸ばして飲むというバーの文化は絶やすべきじゃないと思っています」

「じゃあ、私の初めてのマティーニ、お願いします」

私は凍ったミキシング・グラスに氷を入れ、ボンベイサファイアとノイリー・プラットを注いでステアし、オリーブをのせたアンティークのショートカクテル・グラスに注いだ。最後にレモンピールで香りをそえて、彼女の前に出した。

「うわ、アルコールが強い。でもおいしいです」と言って、こんな話を始めた。
「十二月の二十四日のことなんです。私は仕事が終わって、井の頭線の最終電車に乗って帰宅中でした。電車は最終なのにかなりすいていて、私は座席に座ってぼんやりしていました。するると目の前に立っている男性が突然、隣の女性に話しかけたんです。
男『あ、なんか目があっちゃいましたね』
女『あ、ええ（笑）』
男性はジーンズに細身の紺色のダッフルコートで、手にはヘッセの岩波文庫を持っています。女性はショートカットでちょっと不思議な形の帽子が印象的です。
私は『え？』とか思いこっそり注目していたら、
男『今日は今までお仕事だったんですか？』
女『ええ、ちょっと残業が長引いちゃって』

って感じで世間話が始まりました。

男『どちらまでですか？』
女『富士見ヶ丘までです。どちらまでですか？』
男『下北沢です』

なんて会話もしています。

下北沢は渋谷から四つ目の駅ですぐ近くです。富士見ヶ丘は渋谷から十二個目の駅でずっと遠くになります。

電車が下北沢に到着しました。男性が爽やかな笑顔を見せながら『あの、握手しませんか？』と言って女性に手を差し出しました。女性もそれに応えて手を出しました。すると男性がその手を握るとぐっとひっぱって、なんと女性を下北沢の駅のホームへと連れ去ったんです。

最終電車ですよ。女性、クリスマス・イブという魔法にかかっていたのか、運命を感じたのか、そういう強引さもありなんだなあって思いました」

「映画のワンシーンみたいですね」

「マスターも何かそういうの見たことありますか？」

「そういう映画のようなワンシーンですか。

この話はどうでしょうか？

ある日、渋谷駅の東横線の改札で人を待っていたら、私の隣にも、誰かを待っている女の子がいたんです。

身長は百五十センチ弱くらいでしょうか。年齢は二十代半ば、前髪は真っ直ぐに揃えていて、目はくりっとしていて、服もふわふわしていておっとりした感じです。そして、その彼女、すごく大きいヘッドフォンをして、スマホをずっと見てたんです。

私は『この人の待ち合わせ相手ってどんな人なんだろう』って、頭の中で想像しながら、相手が登場するのを待っていました。

そこに現れたのは、身長百八十センチ弱くらいの男性で、年齢は二十代後半くらい、目立ちすぎない黒縁のメガネをかけていて、髪の毛はこざっぱりと短く、パンツは細身でぴっちりとしています。どこかの百貨店の靴売場とかにいそうな爽やかでお洒落《しやれ》な感じです。

私は『そうか。彼女もアパレルで職場で知り合ったのかな。そんな感じだなあ』なんて想像したりしてました。

彼が微笑みながら彼女に近づいてきたのですが、彼女はスマホと音楽に夢中になってて、全然気がつきません。

彼が、彼女を驚かそうとして、彼女の後ろにまわって肩越しから彼女のスマホをのぞき込んだりしてるのですが、彼女、やはりまったく気がつかないんです。

もしかして、彼女、ちょっと怒ってて、無視してるのだろうかと、私も心配になってきたら、彼が自分のスマホを取り出して、彼女にメールか何かを送ったんです。

すると彼女はスマホから突然、顔を上げて、彼に気がついたのですが、ヘッドフォンをしてるからちょっと大きめの声で『わー、びっくりした！』って叫んでしまいました。

彼が、彼女のヘッドフォンを耳からずらして、すごく優しい話し方で『このヘッドフォン買ったの？』って聞きました。

『そう。秋葉原で選んで買ったんだけど、三万円もしたの』って彼女がヘッドフォンを頭から外して、彼に見せながら嬉しそうに答えたんです。

彼がそのヘッドフォンを手にとって、触りながら、彼女に言った言葉がこうでした。

『すごく良い買い物したね』

とても素敵なリアクションだと思いませんか?

『すごく良い買い物したね』

ちょっと私には思いつけない言葉ですね」

「私、今からその百五十センチ弱の女の子になって、百八十センチの彼に『すごく良い買い物したね』って言われたいです」

「ですよね」

後ろではビル・エヴァンスの演奏する『マイ・フーリッシュ・ハート』が流れていた。

年が明けた一月の上旬。少しだけまだお正月気分が残っている渋谷はいつもより閑散としている。時折冷たい風が吹き、道を歩く人たちは暖かそうなお店に吸い込まれていく。

こんな夜は何かロマンティックな音楽でお店を暖めようと考え、映画『ティファニーで朝食を』のサントラのレコードを棚から取り出した。

このアルバムの中に『ムーン・リヴァー』という曲がある。ヘンリー・マンシーニが作った世界で一番美しい曲だ。レコードに針を置くとバーの扉が開き男性が入ってきた。

三十歳くらいだろうか、緑色のニットの帽子をかぶり、アディダスの大きいロゴがついたグレーのパーカーの上に黒いシンプルなジャケットを着ている。

私の方を見るとニコリと笑顔を見せ、「一人です。どの席でも良いですか？」とよく通る声で言った。

私も軽く微笑み、「どうぞ、どちらでもお好きな席へ」と促した。

彼はカウンターの真ん中の席に座り、ジャケットを脱いで椅子にかけ、私の方に向き直り、こう言った。

「マスター、ビールが欲しいんですけど、このお店は季節でビールの銘柄が替わるんですよね。一月のビールは何ですか？」

「一月はギネスをお出ししています」

「ギネスですか。黒ビールですよね。マスター、どうしてギネスって黒いんですか？」

「まずビールの作り方から説明しますね。麦を水にひたして置いておくと芽が出ますよね。その芽が出すぎないうちに熱をくわえて乾燥させたのが麦芽というものなのですが、ほとんどのビールはこの麦芽が原料になります。

アイルランドではこの麦芽に税金がかけられていました。一七七八年、アーサー・ギネスが『麦芽にしなければ税金はかからない』と思いつき、大麦を焙煎《ばいせん》して原材料に加えたんです。ギネスの黒い色はこの焦がした麦の色からくるのですが、この焦げた苦みが独特の味わいで人気が出たのです。

税金も節約できるし、味わいも色も面白いしというすごいアイディアがこのギネスだったわけです」

彼の前にギネスを置くと、彼はそのギネスを見つめてこう言った。

「なるほど。このギネスのように考え方を変えてみるのもいいのかな」

「どうされましたか？」

「僕、失恋してしまいまして。ちょっと聞いていただけますか」

「もちろんです」

「好きな女性がいるんですが、彼女、カッコいい恋人がいて、完全に僕の片思いなんです」

「出会った時、彼女にはもうその恋人はいたんですか？」

「はい。普通にSNSなんかにその彼とのデートのことなんかが出てきますし、周りでも結構有名な仲の良いカップルなんです」

「でも好きになっちゃったんですね」

「はい。彼女の笑い方とか服のセンス、喋《しゃべ》り方とか何もかもが好きなんです。彼女の可愛いところをあげるコンテストがあったら誰にも負けないです。もちろん、彼氏にも負けない自信があります」

「彼女はその気持ち、知ってるんですか？」

「知ってます。一度、飲み会の帰り、駅まで二人だけだったんで『夏子さん、好きです』って言ってみたんです。

彼女、明るい笑顔でこんな返事をくれました。

『知ってますよ。ありがとうございます』

『あの、決して彼から奪い取ろうとかストーカーみたいになったりしないから、もう少しこのまま好きでいてもいいですか？』

『なんか加藤さんらしいですね。私こういうモテ方したの初めてだから、正直すごく嬉しいです。失恋ばかりしてた二十歳の頃の私に、この状況を教えたいくらいです』

『昔はモテなかったんですか？』

『昔も今も全然モテないですよ。こんな風に男性から好きって言われたの初めてです。彼にだって私から好きって言って始まったし』

『え、こんなに可愛いのにですか？　不思議です。僕、夏子さんの可愛いところ、何十ヵ所でもあげられますよ』

『うわー、嬉しいなあ。私、本当はそういう恋愛をすれば良かったんですよね。いつもいつも私の方から好きになって撃沈したり大騒ぎして付き合ってもらったりばかりなんです』

『あの、そういう感じもわかります。そういう夏子さんの一生懸命な感じも好きなんです』

『彼にその言葉、聞かせたいなあ。実は今、彼に結婚しようって言ってるんですけど全然はっきりしないんです。また私、空回りばかりしてるなあって。お似合いのカップルみたいに見せてるけど、本当は完全に私が一方的なんですよね』

『あの、もし良ければ、いつでも彼に、こんな素敵な女性、幸せにしなきゃダメじゃないかって言いに行きますよ』

『あはは。加藤さん、ホントに言ってくれそうですね。嬉しいなあ。誰か早く別の女の子見つけて幸せになってくださいね！』

『はい。出来ればそうしたいんですけど、夏子さんホントに可愛いからまだしばらく好きでもごめんなさい。あの、早く結婚できると良いですね。応援します！』

その後、改札のところで別れました。それからは一切、その話はしていません」

「夏子さんへの恋はあきらめられそうなんですか？」

「全然ダメですね。もうこのままずっと何年も好きなままでもいいかなって思ってるところです」

「もしかして、夏子さんがいつかは加藤さんの方に振り向いてくれると期待していませんか？」

「それはない自信があります。たぶん彼女も僕と同じで恋に不器用なんだと思います」

「そういえば、『ティファニーで朝食を』っていう映画はご存じですか？　そのサントラの作曲家のヘンリー・マンシーニに有名な恋の話があるんです」

「映画は知ってますけど……」

「マンシーニは、『ピンク・パンサー』や『刑事コロンボ』、『ひまわり』といったたくさんの映画やドラマの音楽を手がけているんですけど、彼、実はオードリー・ヘップバーンにずっと片思いだったそうなんです。

マンシーニは公的には病死ということになってるのですが、本当は前年に死んだオードリー・ヘップバーンの後を追って自殺したというのはよく知られた噂らしいんです。マンシーニがオードリーのために『ムーン・リヴァー』を書いたのが一九六一年。オードリーが死んだのが一九九三年でマンシーニが死んだのが一九九四年です。

ということはマンシーニは、三十二年間もオードリーに片思いだったということになります。オードリーはその間に二回結婚をし、最後も結婚ではなかったものの男性と同棲状態のまま亡くなっています。オードリーが何度もの恋愛劇を繰り返している間、マンシーニはオードリーの姿を眺めながらずっと片思いだったというわけなんです」

「相当好きだったんですね」

「私が気になるのは、マンシーニはオードリーに自分の恋心を伝えたんだろうかってことなんです。たぶん伝えたでしょうね。それを聞いてオードリーはどんなリアクションをしたのでしょうか。『あらヘンリー、どうもありがとう』くらいの言葉だったと私は想像します。というのは、当時、オードリーは世界最高の女優で、そんな言葉は毎日のように聞いていたはずですからね。

マンシーニはオードリーをデートに誘ったりしたでしょうか。たぶんそのくらいはしたと思いたいです。『今度の君の映画の歌のシーンに参考になると思うから、このミュージカルに行ってみない？』というような理由を付けてオードリーをデートに誘ったはずですよね」

「そうあってほしいですね」

「ええ。でもマンシーニの残された映像を見る限り、どう見ても恋愛上手だったようには思えないんです。

おそらく周りのスタッフたちにも『あらあら、マンシーニさん、オードリーにベタ惚れなんだよな。無理だって。女優に惚れてどうすんだよ』なんて陰で言われていたに違いないんです」

「ああ、なんか想像するだけでつらいな」

「オードリー・ヘップバーンって晩年はかなり年老いた雰囲気になってしまいますよね。それでも、そんなオードリーのこともマンシーニは深く恋していたんでしょうね。

マンシーニはこの世界に多くの美しい楽曲群を残しました。これらの多くの曲が今でも美しいのはやはりマンシーニがオードリーだけを喜ばすために書いていたからだと思うんです。

今、私がかけている『ティファニーで朝食を』のサントラのライナーからは二人のこんな会話がすけて読めるようです。

『ねえ、オードリー、今度の君の映画のためにすごく綺麗でロマンティックな曲が書けたんだ。ちょっと君に聞いてほしいから今度の火曜日の夜にでも会えないかな?』

『ごめんね、ヘンリー。火曜日はちょっと忙しいの』

『そう。じゃあ水曜日はどうかなあ？　ほんとまるで君みたいに綺麗な曲なんだ』

『水曜日もちょっと……ごめんね、ヘンリー』

『いや、いつだっていいんだ。君があいている日で。別に夜じゃなくてもいいし。昼、一時間くらいあいている時間があれば君にこの曲を聞かせられると思うんだ』

『ヘンリー、あなた新聞は読まないの？　私、今度結婚するの』

『もちろん知ってるよ。おめでとう、オードリー。君のそんな幸せを祝いたくてこの曲を作ったんだ』

『ごめんね、ヘンリー』

『何を言ってるんだ、オードリー。君が幸せそうなのが僕には一番なんだ。ちょっと歌ってみるよ』」

私は『ティファニーで朝食を』のサントラをもう一度裏返し、最初からかけ直した。


ヴァレンタインのチョコレートが街中で売られ始めた二月のまだ寒い夜。

私はダイナ・ショアがアンドレ・プレヴィンのピアノで『マイ・ファニー・ヴァレンタイン』を歌っているレコードを棚から出した。

この曲は女性が愛する男性のことを歌う、こんな内容だ。

「ねえ。大好きな私のヴァレンタイン。ずっといて。

だってあなたさえいてくれれば、私にとっては毎日がヴァレンタインデイなんだから」

幸せいっぱいなのに、まるでこれからの二人の別れを予感しているかのような切ない歌だ。

この曲がかかると、扉が開き、近くの広告代理店に勤める松山さんという女性が入ってきた。松山さんは年齢は四十歳だが三十五歳くらいに見え、瞳は大きく、ほりの深い整った顔をしている。コートを脱ぐと、Vネックのオリーブ色の薄手のセーターのせいで、胸のふくらみと対照的な華奢《きやしや》な鎖骨がよくわかる。

彼女は私がすすめるまでもなく、カウンターの方にコツコツとヒールの音を響かせて歩き、真ん中の椅子に座ると、ゆっくりと足を組んだ。そして低くて艶《つや》のある声でこう話し始めた。

「今日は本当に疲れました。マスター、一条かおりのあのディズニーランドでのデート事件知ってますか？　一条かおり、ずっと恋愛スキャンダルなんてなかったのに、一般の男性とディズニーランドでデートしたらしいんです。相手の男性の素性が今ネットで詳しくさらされているんですけど、ホント普通のサラリーマンで高校の同級生らしいんです。どうして一条かおりが変装もしないであんな男性とデートしたんだろうってみんな大騒ぎで。

私、一条かおりが出てる口紅のＣＭの担当をしてて、口紅のイメージがどうなるかってもう心配で心配で、今までずっと働きっぱなしでした。でも、彼女も一人の女性なんですよね」

「ああ、私もその騒動、見ましたよ。私にはすごく素敵な男性に感じられましたがね。一条かおり、幸せになるんじゃないですか」

「そうですかね。私も疲れたのかチョコレートが食べたくなってしまって。たしかおいしいガトーショコラがありましたよね。ガトーショコラにあうお酒も一緒にいただけますか？」

「でしたらラムなんてどうでしょうか」

「ラムですか。『宝島』で海賊の船長が飲んでいたイメージしかないんですけど」

「ラムはカリブ海でよく作られているんです。だから海賊をイメージするんですかね?」

「カリブ海ってキューバとかジャマイカとかですか?」

「ええ。ラムは宗主国の人間が好むように作られるんです。例えばイギリスでは海軍がラムを消費するのでジャマイカでは海軍向けのパンチのきいたラムが作られます。

ハイチではフランス人が好むブランデーのような香りの華やかなラムが作られます。このハイチのラム、バルバンクールの十五年ものは世界中のいいバーには必ず置いてなくてはならないラムだと言われています。このバルバンクールでしたら、ガトーショコラにぴったりあいますよ」

「ハイチのラムとガトーショコラですか。試してみたいですね。それをいただきます」

私は香りをゆっくりと楽しめる大きなチューリップ形のグラスにバルバンクールを注ぎ、ガトーショコラと一緒に彼女の前に出した。

彼女はガトーショコラを少しだけ口に入れ、それからバルバンクールにそっと口をつけた。

「おいしいです。大人になってよかったって思うおいしさですね」

「大人になるっていいものですよね」

「大人かあ。マスター、私、今、四十歳なんです」

「え？　そうなんですか。もっともっとお若く見えますよ」

「まあそうやってみんな言ってくれるんですけどね」

「いや、本当にそう思いますよ」

「ありがとうございます。でも、二十代の男性から見たら、オバサンですよね」

「ええと、どうしてですか？」

「私、二十五歳の男の子を好きになっちゃったんです」

「そうなんですか。ところで、結婚してから今までご主人以外の男性と何かあったことは？　松山さん、モテそうだからいろんなお誘いはありそうですよね」

「一応、派手な職種なんで、誘われることは何度かあったんですけど、私そんな気持ちにはまったくならなくて。たぶん恋愛体質じゃないと思うんです」

「そういう方、たまにいらっしゃいますね」

「でも、杉田くんは違ったんです。春に私の部署に入ってきたのを見たその瞬間から恋に落ちました。ああ、一目惚れってあるんだ、私もこんな風に誰かに恋をすることってあるんだ、って思いました。

今まで付き合った人って、基本的に向こうからすごく押してきて、デートのセッティングをこまめにやってくれたり、一生懸命プレゼントをくれたりしたから、まあそこまでしてくれるんならいいかって感じで付き合い始めるケースばかりだったんです。

だから私の方からこんな風に一方的に好きになるなんて自分でもびっくりしました。

でも彼は私の十五歳も年下なんです。

この気持ちはずっと隠そうと心に決めました。だいたい私は結婚しているわけですし、十五歳年下って、ほとんど自分の息子みたいな年です。向こうから見たら、本当に親戚のオバサンと同じような関係でしょ。途中からは『私、たぶんお母さんみたいな気持ちで杉田くんを見ているんだ。だから普通に上司として保護するような気持ちでいよう』と考えるようにしたのですが、やっぱりそういう気持ちじゃないんです。

女性として杉田くんと手をつないで街を歩きたいし、正直、あの杉田くんの腕の中に抱きしめてもらえたらどれだけ幸せだろうって思ってしまって……」

「その杉田くんとは食事なんかはされたんですか？」

「はい。出来るだけ仕事がからんでいるフリをして、二人っきりでいろんなところで食事をしました。

まだ若いからフレンチやちゃんとしたお寿司屋とかに行ったことなくて、そういうところでご馳走してあげると『松山さん、さすが大人だなあ』って毎回毎回、言うんです」

「杉田くんは松山さんの気持ちに気づいていたんでしょうか？」

「たぶん気づいていたと思います。私、絶対にそんな素振りは見せないようにしようと思ってたんですけど、彼といる時って『キャー！』とか『おいしい』とか普段は言わないような声ばかり出していたんです。バレていたはずです。

十月のことでした。私たちはチームで東京のハロウィンがどんな風に消費されているか調査することになりました。

杉田くんが『松山さん、僕の大学の時の友達がクラブを借切ってハロウィン・パーティを開くから一緒に行ってみませんか？』って提案してくれたんです。杉田くんとパーティに行けるなんて、夢のようでした。私は『行きましょう！』って答えました。それが間違いの始まりでした。

やっぱり仮装はしていった方がいいだろうなあって思ったのですが、私、世代的にそんなのしたことないから、よくわからなくて。東急ハンズで魔女の帽子とマントを買って、それをつけて日曜の夜に六本木で待ち合わせをしました。

ハロウィン当日の六本木は凝った仮装をした外国人や若者たちがたくさんいて混雑していました。その中から私に向かって手を振るゾンビがいました。杉田くんでした。杉田くん、いったい誰だかわからないくらい完璧なメイクでゾンビの格好をしていたんです。

パーティ会場のクラブの入り口に行くと、ＤＪの音と、若い人たちの大騒ぎしている声が聞こえてきました。中に入ってみたら当然ですけど私以外の全員が若い人たちなんです。みんなアニメのキャラクターやナース、女豹《めひょう》やゾンビといった思い思いの自由な仮装をしていて、すごく楽しそうでした。ああ、今ってこんな感じなんだなあって実感しました。

私は、一人だけ気合いの入ってない東急ハンズの魔女の帽子とマントをつけているだけの、勘違いのきどったオバサンで、完全に浮いていました。

今までずっと自分は綺麗で若いんだって思ってたんですけど、やっぱり二十代の子たちとは全然違うんです。鏡にうつった自分を見るとやっぱりどう見てもオバサンでした。

杉田くんは友達がたくさんいました。みんなが『おお、スギタ、久しぶり！』って集まってくるんです。可愛い女の子もたくさんいました。たぶん杉田くん、学生時代すごくモテたんだってその時やっと気がつきました。みんな学生時代の思い出や新しい職場での話なんかですごく盛り上がっていました。

杉田くんはみんなに私を『会社の上司で、松山さん。あの一条かおりのCMを作ってるんだよ』って紹介してくれました。みんな『すごいですね』って口々に言ってくれたのですが、それ以上、会話が続かないんです。彼らとの共通の話題がなんにもないのに気がつきました。

『ちょっと飲み物取ってくる』って言って、杉田くんから離れました。

飲み物を取りに行っている途中でやっとあらためて会場の全体が見渡せました。そうかあ、杉田くんこんな派手な若い人たちの中心で人気があるんだなってわかってきました。私の会社に入るくらいだから当然なんですが、フレンチのワインのテイスティングで緊張していたくらいだからって軽く見ていたんです。

私、その若い人同士の雰囲気に戻っていけなくて、飲み物だけ持って、すみっこの方でしばらくパーティ会場を眺めていました。壁の花になるなんて生まれて初めてでした。私、ずっと自分は綺麗で若い方だって思ってましたから。

ああ、私、どうしてこんなところ来ちゃったんだろう、どうして若い人しか来ていないって気づかなかったんだろう、どうして四十歳なんて自分だけだって想像できなかったんだろうって後悔しました。

そしたら杉田くんが血相を変えて、私の方に飛んで来て『松山さん、どこに行っちゃったのかと捜しちゃいました。もしかして、あんまりこういうザワザワした雰囲気好きじゃないんですか？　一度ちょっと外に出ましょうか？』と言いました。

私は『杉田くん、ごめんね。私こんなオバサンで。これ飲んだら帰るね。杉田くんも恥ずかしいでしょ。こんなオバサンといるの』って言ったら杉田くんがその場で私を抱きしめてキスしてきたんです。

私、足がガクガクして、その場で杉田くんに身を任せてしまいそうになったんですけど、これは絶対にダメだと思って、唇を離して『杉田くん、オバサンをからかわないでよ』って言ったんです。

『からかうってどういう意味ですか？　僕、松山さんのことが大好きなんです』

『四十のオバサンに何言ってんの。冗談はやめてよ』

『僕、本気ですよ。松山さんがこれから旦那さんがいる家に帰ると思うだけで苦しいです。出来れば今日は松山さんを帰したくないし、出来れば松山さんを奪ってどこか遠くに逃げたい気持ちです』

その言葉で私は落ちてしまいました。その日から家には帰ってません。主人とは弁護士をはさんで離婚を協議中です」

そう言うと、松山さんはバルバンクールを流し込み、ガトーショコラを少し食べた。

私が何か言おうとすると松山さんはさえぎった。

「この恋がうまくいかないのは知っているんです。こういう関係も後一、二年続けばいい方だなって最初から知っているんです。杉田くんはいつか目が覚めて、また誰か他の若い女の子と恋を始めてその若い女の子と結婚すると思います。
そんなことはわかっているんです。でも私、今、杉田くんがいる部屋に帰って杉田くんに抱きしめられると心も身体も溶けて、女で良かったたって思うんです。ここでこの人に出会えて良かったたって思うんです。こんな幸せな気持ちになったの、人生で初めてなんです。この後一人ぼっちになっても、この思い出があれば一生後悔はしません」

そう言うと、財布を取り出した。

私のバーにはさっきからずっと、ダイナ・ショアが「ねえ。大好きな私のヴァレンタイン。ずっといて。だってあなたさえいてくれれば、私にとっては毎日がヴァレンタインデイなんだから」と歌い続けていた。

三月、まだ冷たい風が吹く夜、満開の梅の香りが辺りに漂っている。

少しだけ春を感じるこんな夜には薄命の美人の歌声が聞きたくなった。

ビヴァリー・ケニーという美しい女性ジャズ・シンガーがいる。彼女はレコードを六枚だけ残し、二十八歳という輝く年齢で亡くなった。どうやら自殺というのが亡くなった理由らしい。

彼女が『イッツ・マジック』という曲を歌っている。

「二人、手を取り合って歩く時、世界は不思議の国になる。それは魔法。本当のことがわかったの。これは私の心の中のこと。魔法はあなたへの愛」

たしかに恋してしまうと、相手との運命の出会いや、心がわかりあえることなどすべてが魔法のように感じてしまうことがある。そして誰かが誰かに恋をする気持ちもまるで仕掛けのない魔法のようだ。

その曲が入ったビヴァリー・ケニーのアルバムをターンテーブルの上に置いているとバーの扉が開き、二十代後半くらいの女性が入ってきた。

顎《あご》のラインまでのボブ、少し謎めいた雰囲気があり、白いカシミヤのセーターがひろう身体の曲線が魅力的だ。

「どうぞお好きな席へ」と告げると、彼女は「じゃあここにしようかな」と耳に心地よい声で言いながらカウンターの真ん中に座った。

「お飲み物はどうされますか？」と問う私に彼女は少し考えて答えた。

「いつもこういうバーに来ると何か新しいお酒を飲んでみたいなと思うのですが、どう注文すれば良いですか？」

「そうですね。バーの棚には世界中で作られたお酒のボトルが並んでいます。

どのお酒も何十年何百年もの歴史があり、味はもちろん、ボトルやラベルのデザインも試行錯誤を繰り返し、いろんな物語を抱えて私のバーの棚に届いています。

お客様がそんなボトルを指さして、『そのお酒は何ですか？』とバーテンダーに質問するのが一番よろしいと思います。

世界中のデザイナーが、お客様に指さされるのを想定しながら、このボトルやラベルを生み出したわけですので、彼らも喜ぶのではないでしょうか」

「そう言われてみればそうですね。このたくさんのボトル、全部、誰かがいろんな会議を重ねて試飲を重ねて作ってるんですよね。じゃあ、私はあの背の高い黄色いボトルが気になります。あれは何のお酒ですか？」

「これはスーズというリキュールです。私たちバーテンダーの間ではフランスの黄色いカンパリと呼んでいます」

「カンパリは知っています。そちらにある赤いボトルですよね。ちょっと苦いお酒」

「はい。カンパリはリンドウの根を使ったリキュールですが、このスーズも同じくリンドウの根を使ったリキュールなんです。カンパリの方が営業努力の賜物で世界的に有名ですが、このスーズも実は歴史に彩られたリキュールなんです」

「スーズの歴史、気になります」

「スーズが生まれたのは一八八九年でした。スーズ社はパリの画壇の後援活動をして知名度を上げ、二十世紀初頭のベルエポック時代には『スーズはパリのエスプリの薫《かお》り』とまで言われるほど浸透し、あのピカソも愛飲しました。

しかし第二次世界大戦後、フランスではスコッチ・ウイスキーを飲む人が増え始めます」

「フランスと言えばワインなのにスコッチですか」

「はい。フランスでは食事中にはワインを、食前や食後にはフランス産のリキュールを飲むのが一般的でしたが、戦後はそれが古くさく感じられてきたのでしょう。例えばサガンの小説にもお洒落にスコッチ・ウイスキーを飲む女性が出てきます。

さらに一九六二年、フランス政府はウイスキーの輸入制限を廃止したためスーズは苦境におちいります。そんな時、スーズを助け傘下に入れたのが同じリキュール会社のペルノ社でした。社長のエマール氏がこう言ってます。『スーズがなくなることは、フランスの文化遺産のひとつを失うことだ』と」

「いい話ですね。じゃあ、そのフランスの文化遺産のスーズをいただきます。どういう飲み方がおすすめですか？」

「スーズはトニック・ウオーターで割るのが一番だと私は思います。ぜひ、お試しください」

「わかりました。ではそれで」

私は細くて背の高いコリンズグラスを出して氷を入れ、ライムを搾《しぼ》り、スーズを注いだ。そこにシュウェップスのトニック・ウオーターを足してステアし、彼女の前に出した。彼女はグラスを持ち、光をあてて色を楽しみ、口に入れるとこう言った。

「ああ、苦いけどおいしいです。そうかあ、こういうのをピカソたちが飲んでたんですね」

「彼らもこんなお酒を飲んで、思い切って恋心を告白したのかもしれませんね」

「恋かあ。マスター、聞いてもらってもいいですか?」

「私で良ければ」

「私が十七歳の頃のことです。母がガンで死ぬ三日前に、病院のベッドでこんなことを言いました。

『真理子、あなたに魔法の赤い口紅をあげる。この口紅はね、つけるといつもより百倍魅力的な女性になれるの。「どうしてもこの男性を振り向かせたい。どうしてもこの男性に好きになってほしい」って時が来たら、この口紅を使ってその彼の前に行きなさい。でもね、この魔法は三回しか使えないの。あなたの人生で好きになる男性は何人もいると思うんだけど、「この人！」って思った時だけ使うのよ。それからこの手紙、あなたが結婚したら開けて読んでみて。結婚するまでは絶対に開けちゃダメだからね』

『ママも、パパと出会った時にこの口紅使ったの？』

『もちろんよ。パパ、ママの唇を見てノックアウトだったみたいよ』

そう言って、母は笑い、三日後に死にました。

最初にその口紅を使ったのは高校三年生のヴァレンタインデイでした。相手は同じクラスの男子で、バスケットボール部のキャプテンで、全校の女子の憧れの的でした。

私は昼休みに学校のトイレの鏡の前で、母の口紅を初めてつけてみました。

鏡の中ではさっきまでの平凡だった私が急に華やかな女性になっていました。

私は胸をはって、教室に戻って彼にチョコレートを渡しました。

彼は私の顔とチョコレートを見て、顔を真っ赤にしてこう言いました。

『渡辺さん、これって義理チョコじゃないんだよね。ありがとう。俺も渡辺さんのこと、ずっと好きだったんだ』

私は心の中でガッツポーズをし、母の魔法の赤い口紅は本当だったんだと驚きました。

この魔法は三回しか使えません。簡単に使っちゃいけないとはわかっていながら、どうしても我慢できずに大学の時、同じ音楽サークルでギターを弾いていた男性のことが好きになり、告白する時に一回使ってしまいました。

その彼もすごくモテていたのだけど、彼も私の虜になり、口紅の魔法の威力はやっぱり本当だったんだと確信しました。

それから私は何度もいろんな恋を経験したのですが、魔法の口紅は使いませんでした。魔法は後一回なんです。もうこの人と結婚したい、この人しかいないって確信した時にこの口紅は使おうと心に決めていました。

二十四歳の時、激しい恋に落ちました。

当時、私は広告代理店に勤めていたのですが、仕事で担当する俳優の男性をただただ一方的に好きになってしまいました。

もちろんたくさんのファンがいるし、モテてモテてしょうがない状況だとは思いました。私のことなんて本当になんとも思っていないんだろうなっていうこともわかっていました。

でも、この男性を私の方に振り向かせたいと思いました。この人と恋が出来たら私はもう一生満足だと思いました。

彼はフリーの俳優で大きな事務所には所属していなかったので、マネージャーさんを介さずにメールをやり取りできる間柄になりました。私は仕事の打ち合わせのフリをして、彼を青山の小さなバーに誘いました。

もちろん私は母の魔法の赤い口紅をつけていどみました。

途中までは仕事のお話をしていたのだけど、三杯目あたりの時に彼が私の手をさわってきました。

お会計が終わって、外に出ると、彼が突然私にキスをしてきました。私はあせらず、その夜の彼のベッドへの誘いも断りました。その二週間後、彼が高級レストランで『結婚を前提に付き合ってください』と言うのを聞いてから彼の部屋に行き、ことをゆっくりゆっくりと進め、先週その彼と結婚しました。

ハネムーンから帰ってきて、彼との新居で荷物を整理していると、母からの手紙を見つけました。

そうでした。母が口紅と一緒にくれた手紙でした。私は結婚したから読んでもいいはずです。

手紙を開けると母はこんなことを書いていました。


『真理子　この手紙を読んでいるということは結婚したんだね。おめでとう。

魔法の口紅の効果はどうだった？　魔法はうまくいったでしょ？

あの口紅ね、本当はなんでもない普通の口紅なの。

でもね。「この口紅をつけると百倍魅力的になれる」って信じ込むと女の子って本当に魅力的になれるの。

そしてたっぷりと自分の魅力に自信を持って、大好きな男性の前に立つと、どんな男性もその自信がある女性の魅力に惚れてしまうものなの。

本当は真理子が大人の女になるときにそんなことを教えたかったんだけど、ママ、ガンになっちゃったから教えられないなと思って、こんな嘘ついちゃった。

でも、この手紙を読んでいるってことは、真理子の恋もうまくいったんだよね。おめでとう。幸せになってね。天国で真理子の幸せを見ているからね』

私、本当に魔法の口紅だと信じてしまってたんです。

私も女の子を産んだら、その子に魔法の口紅をプレゼントしようと思いました。

『ねえ、いい？　この口紅をつけると百倍魅力的な女の子になれるのよ。でも魔法は三回だけだからね』って言ってみようと決めました」

彼女はスーズ・トニックを飲み干し、「じゃあ次はどのボトルにしようかなあ。マスター、ボトルを選ぶのってなんだか恋に似ていて楽しいですね」と、私の後ろのボトルの棚を眺め始めた。

後ろではさっきからビヴァリー・ケニーが「本当のことがわかったの。これは私の心の中のこと。魔法はあなたへの愛」とずっと歌い続けていた。

女性ジャズ・シンガーのブロッサム・ディアリーが三十三歳の頃に録音したとても可愛いアルバムがある。その中で世界中のキュートを集めたようなルックスのブロッサムが『春の如く』という曲を歌っている。「この落ち着かない気持ちは春のような気分」という歌詞の通り、歌の間ずっと心が、春のような気分に支配されてしまう。

四月の最終日。その日は、バーの扉を開け放しておいても大丈夫なくらいの暖かい夜だった。私はブロッサムの歌う『春の如く』をかけ、ボトルを磨いていると常連の男性が来店した。

西山さんという三十五歳の独身で、フリーのライターの彼が、私のバーを取材に来たのをきっかけにして、一ヵ月に一度くらい通ってくれるようになった。髪は真ん中分けで耳にかかる程度、紺色のジャケットに白いTシャツと濃いインディゴのジーンズ、コンバースのシューズをいつもはいている。

西山さんは「こんばんは」と言うと、いつもの真ん中の席に座った。

「お飲み物は今日はどうされますか？」と聞くと、西山さんはこう話し始めた。

「実は今度、ブランデーの広告の記事を書くことになったのでマスターに教えてもらいたくて。だいたい、ブランデーって何なんですか？」

「ストレートな質問ですね。ブランデーとは果物の蒸留酒のことです。例えばブドウをお酒にするとワインができますよね。それをお鍋に入れて沸騰させるとアルコールが飛びます。その飛んだアルコールを集めて冷ましたのが蒸留酒、ブランデーですね。コニャック地方で作られたブドウのブランデーだとヘネシーやカミュが有名です。もちろんブドウ以外の果物のブランデーもありますよ」

「なるほど。じゃあコニャックは知っているので、他の果物のブランデーをいただけますか？」

「カルバドスというリンゴのブランデーなんてどうでしょうか」

「リンゴのブランデーですか。どういう飲み方がおすすめですか？」

「ブランデーはそのまま飲むのが普通ですが、カルバドスはソーダで割ってもおいしいですよ」

「じゃあそれをお願いします。ところでマスター、今かかっているの、ブロッサム・ディアリーですよね」

「よくご存じですね」

「昔、僕が住んでいた井の頭線の永福町の駅前にブロッサムという名前のパン屋があったんです。そのお店が名前の通り、ブロッサム・ディアリーしかかけていなくて」

「へえ、面白いですね。どういうお店なんですか？」

「バゲットとパン・オ・ショコラとアンパンだけしか焼いていないちょっとこだわりのパン屋でした。バゲットは外は口の中の上側が必ず切れるくらい固くて、中は柔らかくてしっとりとしていました。パン・オ・ショコラはエシレのバターとヴァローナのチョコレートがたっぷりと使われていて、小さいけど持つとずっしりとしました。寒い日に蜂蜜がたっぷり入ったホットラムとあわせると夢のようにおいしいんです。アンパンは十勝産のつぶアンがぎっちりと入っていて、春になったらアンパンの窪みのところに桜の花びらが埋め込まれたタイプのものが登場しました。

当時、一緒に住んでいた彼女がその桜の花びらがついたアンパンの大ファンで、毎年、春が近づくと『ブロッサムのアンパン、桜になったかなあ』って確認のために毎日通いつめていたんです」

「桜の花びらのアンパンですか。でもその三種類だけって思い切ってますね。小さいお店だったんですか？」

「小さかったですね。八坪くらいでしょうか。店の奥の方で五十代半ばくらいの神経質そうな男性が黙々とパンを焼いていて、レジのところに三十歳前後のいつも寂しそうな目をした女性が立っていました。

レジの後ろには茶色いレコード棚と小さなターンテーブルがあって、その女性がいつも丁寧にレコードをかけていて、そのレコードがすべてブロッサム・ディアリーだったんです。

彼女が『あの二人って夫婦なのかなあ』ってたまに言うことがあって、僕が『今度聞いてみればいいじゃない』ってそそのかすと、『そうなんだけど、違ったらと思うとなんか聞けなくて』ってつぶやいてました」

「聞いてみたいけど、そこまでプライベートに入っていいのかどうかっていう距離感の問題ですよね」

「それが一度だけ井の頭公園の動物園でブロッサムの二人を見かけたことがあったんです。二人の真ん中には五歳くらいの男の子がいて三人で手をつないで笑いながら象を眺めていました。それを見つけた彼女が『あ！』と指をさしました。そして、二人でうなずきました」

「お子さんもいらっしゃったんですね」

「はい。それが理由か、その井の頭公園の帰りに、彼女がそろそろ結婚して子供が欲しいというといつもの話を始めまして。僕の仕事がフリーだからまだ安定していなくて、『今まとめている文章が本になってそれが売れたら結婚するから』って言ったら、『もうその話を聞いてから二年になるんだけど』と彼女はふてくされて、喧嘩になりました。僕は彼女をひどく傷つけることを言ってしまって、その夜、彼女は出ていってしまいました。

その後も何度か連絡はしたのですが、彼女からの返信はなくて一週間後、彼女の友達が荷物を取りに来て、『伝言を預かってきました。メールアドレスと電話番号も変えたそうです。もう私に連絡しないでくださいとのことです』と僕に言いました。それで彼女とは終わりました。

　僕も忘れるために、すぐに東横線沿線に引っ越してしまいました。それが三年前のことです」

「そうでしたか」

「それからは僕も仕事一筋で頑張って、やっと念願の本も出せました。本のこと、彼女にも伝えたいな、なんとか連絡をとれないかなって思って、フェイスブックで探してみたら彼女を発見しました。すぐに見つからなかった理由は彼女は結婚して名字が変わってたんです。生まれたばかりの赤ちゃんもいるようでした」

「フェイスブックでそういう形の再会もあるようですね」

「もちろん友達のリクエストはしなかったし、メッセージも送りませんでした。でもなんとなくあの頃のことが懐かしくなって、久しぶりに井の頭線に乗って、永福町の駅まで行ってみたんです。駅は僕たちが住んでいた頃とはまったく変わってしまってて、たった三年なのに浦島太郎になった気分でした。

パン屋のブロッサムのことを思い出して、お店があった場所まで急ぎました。ちょうど今だと桜の花びらのアンパンを売ってる頃だって思い出したんです。あの桜の花びらのアンパンを買おうと思いました。でも、三年で永福町の駅前が結構変わってて、『あれ？　ブロッサムってどこだったんだろう』って辺りをうろうろしました。あ、と気がつくとブロッサムがあった場所はシャッターが閉まっていて『ブロッサム閉店しました』と小さい貼り紙がありました。

僕はその場でその小さい貼り紙の写真を撮って、帰りの電車の中でフェイスブックに【あの思い出のブロッサムが閉店していました】と投稿をしました。

そんなこともすっかり忘れてしまって、久しぶりにフェイスブックを開いたんです。するとブロッサムの閉店した写真にコメントがあったんです」

「どんなコメントだったんですか？」

「赤ちゃんと一緒のアイコンの彼女が、【残念！　あの桜の花びらのアンパンがもう食べられない】と残してくれていました」

西山さんはカルバドスのソーダ割りを飲み干すと、「同じものをもう一杯ください」と言った。後ろでは静かにブロッサム・ディアリーが『春の如く』を歌っていた。


ゴールデン・ウイークの渋谷は観光地としての表情を見せる。多くの人たちが「一度は渋谷に行ってみたい」と思ってくれるのは渋谷で店をやっている人間としてはとても嬉しい。

誰かの五月の休日の思い出が渋谷の風景になるのは誇らしい。

街の雑踏を感じる音楽を奏でるアーティストは誰だろうと、しばらく考えてみた。

イギリスにエブリシング・バット・ザ・ガールという男女二人組のグループがいる。彼らはミュージック・ビデオ全盛時代の一九八〇年代にデビューしたが、二人とも音楽や文学が好きそうな内気な雰囲気だった。八〇年代の派手で華美な空気の中、それが逆に新鮮で全世界の繊細な若者たちの心をとらえた。

そんな彼らは四枚目のアルバムで『ラブ・イズ・ヒア・ホエア・アイ・リブ』という曲を歌っている。「自分の場所はここ、愛はここにある」という歌だ。

私がそのレコードをかけていると、バーの扉が開きベレー帽にスカーフ、ボーダーの長袖Tシャツを着た女性が入ってきた。

年は四十歳くらいだろうか。目は大きくて唇は小さくてぷっくりとしている。おそらく以前はずいぶん綺麗だったんだろう。

「どうぞ」私がそう伝えると、彼女は少し不安そうな笑顔を見せ、カウンターの一番端の席に座った。

「私、お酒飲めないんですけど、どういう風に注文をすればスマートですか？」

「実は、バーテンダーとしては、お客様にバーならではの空気を味わっていただきたいので、ウーロン茶なんて注文されると寂しいなあと感じます。せっかくバーテンダーがいるんだから、バーならではのノンアルコール・カクテルなんていかがでしょうか」

「なるほど。じゃあ何かおいしいノンアルコール・カクテルをお願いします」

「かしこまりました。ケーキやチョコレートに入っているくらいのほんの少しのアルコールでしたら大丈夫ですか？」

「そのくらいでしたら大丈夫です」

「ではフロリダというカクテルを作りますね」

「それはどんなカクテルなんですか？」

「アメリカに禁酒法時代というのがあったのはご存じですよね。その時期、ビターズという薬草酒だけは医薬品として輸入できたので、当時のアメリカでも普通に流通していたんです。

そのビターズを少しだけアクセントに加えるカクテルのスタイルで禁酒法時代に誕生したのがフロリダです。オレンジ・ジュースとレモン・ジュースと砂糖、そこにビターズを二滴たらして、シェイクします。アルコールは二滴だけですからほとんどノンアルコール・カクテルです」

「二十世紀前半の禁酒法時代にアメリカで誕生したカクテルですか。本格的ですね。楽しみです」

私はちょっとハードめにシェイクし、柄の長いショートカクテル・グラスに注ぎ、彼女の前に出した。

「ああ、カクテルですね。おいしい。なんだかすごく大人になった気分。あ、私、十分大人ですよね」

そう言って笑うと、彼女はこんな話を始めた。

「私、大学が青学で、ここのすぐ近所に通ってたんです。その頃、渋谷系全盛時代で、サークルでもバンドをやったりＤＪパーティをやったり、フリーペーパーを作ったりしてました。私、自分で言うのもアレですが、結構モテたんです」

「わかりますよ。すごくモテそうな感じがします」

「ありがとうございます。私、そのサークルで一番お洒落で人気のある高野くんと、センスはいいけど真面目でちゃんと大学の成績も良かった平野くんの二人に言い寄られたんです。

平野くん、静岡でお父さんが日本中誰でも知っている企業の社長をやってて、その会社を継ぐことが決まってたんです。

私、安定志向だから、平野くんの方を選んでしまって、大学を卒業したら、静岡で結婚して、専業主婦になっちゃったんです。

子供は息子が二人できたんですけど、主人の平野くんはすごく忙しくて、私はお義母さんと一緒に息子たちの教育や進学のことばかり考えて暮らしました。息子たちもいずれは会社を継ぐって決まってるから、小さい頃から英語をやった方が良いから留学させようとか、いろいろとあるんです」

「大変そうですね」

「はい。私、最近、フェイスブックを始めたんですね。別にそんなに利用する気持ちはなかったんだけど、名前を登録したら『この人は友達じゃないですか？』っていっぱい出てきて、あっという間に昔の大学の頃の友達とつながっちゃいました。

もちろん、私のことを大好きだった高野くんともつながりました。高野くん、卒業後は広告の仕事をしてたんだけど、今は私には全然わかんないＩＴの会社を経営していて、難しいマーケティングの記事なんかをしょっちゅうシェアしているんです。

私は、子供が高校に受かったり、留学が決まったりしたら、みんなに報告がてら投稿してたくらいなんですね。

そんな私の投稿へのみんなからのコメントが【聡美やっぱりすごいね。勝ち組だね】っていうのが多くて、『そんなものなのかなあ』って思ってたんです。

高野くんは私の投稿した記事には必ず【いいね】を押してくれて、『ああ、やっぱり私のことをずっと見てくれてるんだなあ』とわかって、たまにメッセージも送って【どうしてる？】なんてやり取りはしてたんです。実は高野くんとは学生の時、キスまではしたことあったから、なんかその時のことがずっと頭にあって、まだちょっとだけ恋心が続いているような気持ちでした。

そうこうしていると、みんなで、ゴールデン・ウイークに青山の小さいレストランで久しぶりにパーティを開こうということになったんです。

主人に言ったら、『ええ？　みんな懐かしいなあ。でも俺は忙しくて無理だから、聡美だけ行っておいで』って言ってくれて、久しぶりに東京に来ることになりました。

私、専業主婦になってからは子供のことでいっぱいでＰＴＡで着るような服しか買ってなくて、どうもわからなくて、昔着ていた服をひっぱりだして、その青山のレストランに行ったんですね。

東京は十八年ぶりだったんです。もう全然変わってて、知っているお店は全部なくなってて、浦島太郎みたいな気持ちでした。

パーティ会場のレストランに入ったら、みんながいました。

私は誰が誰だかすぐにわかったから、『うわー、絵里子久しぶり』とかってみんなに言って回ったんだけど、みんな『聡美だよね。なんかすごく変わったね』しか言ってくれないんです。

そういうサークルだったから、みんなそれぞれマスコミ業界で働いていて、面白いイベントの話やＩＴの新しいサービスの話なんかで盛り上がっているんです。

私は昔の思い出話しかできなくて『あの時、カラオケに行って、フリッパーズ・ギター歌ったよね』とか話すんですけど、結局みんな今の仕事の話に戻ってしまうんです。

高野くんにも会いました。実は高野くんに今日、誘われたらどうしよう、あのキスの続きがあったらどうしようとかずっと考えながら、来ちゃったんです。

高野くん、私を見て『聡美、お母さんって感じになっちゃったね』って言うんです。

私、高野くんがこっそり『この後、二人でどこかバーにでも行こうか』とかって言ってくれるんじゃないかとドキドキしていたのですが、全然そんな気配もなくて、高野くん、ひとことふたこと話したら、また輪に戻っていきました。

私も追いかけて入ったのですが、『聡美は勝ち組だよねえ。○○の次期社長夫人だもんねえ』って言うだけで、それ以上、まったく盛り上がらないんです。

みんなそれぞれ仕事があって、新しい企画やサービスの話題ばかりで、私、居場所が全然なかったんです」

「なるほど。そうですか」

「トイレに行って、鏡を見たんです。やっぱり私だけすごくオバサンで、服や髪型やメイクもみんなとはちょっと違うんです。大学の時、あんなにモテたのに、どうしてこんなになっちゃったんだろうって。

トイレから出たら二次会の話になってました。私、もうこの後みんなと一緒に過ごす自信がなくなっちゃって、『主人や子供やお義母さんが気になるから』って帰っちゃったんです。『本当に聡美みたいな人生が一番だよ』って口々に言ってくれるんだけど、何か違うんです。

ホテルの部屋でこのまま一人っきりで、投稿される楽しそうな二次会の写真を見てたら、自分の人生を疑っちゃいそうで、外に出て歩いてたら目についたこのバーに入ったってわけなんです。マスター、私、本当に勝ち組なんでしょうか？」

「いろんな人をたくさん見てますけど、みんな聡美さんみたいな人生を羨ましがってますよ」

「そうなんですかね。私、明日することと言えば、実家のみんなにお土産を買わなきゃいけないってことだけで、行きたいお店なんてないんです。これで良いんですか？」

「お土産を買わなきゃいけない人がたくさん待っているって幸せだと思いますよ。お義母さんともうまくいってるみたいだし、息子さんも元気なんですよね。良いじゃないですか」

「ですよね。そうなんですよね。私、大学を卒業してその後ずっと静岡の小さい世界で子供とお義母さんとの生活に追われてて、東京であの後流行ったお店とかクラブとかなんにも知らないんです。インターネットのことも全然ついていけないし。

今、気になっているのはお土産はどこで買うのが良いのかなあってことだけなんです。

マスター、私、すごくモテたんです。たぶん高野くんを選んでいたら、今、東京ですごく楽しく過ごしていたかもしれないんです」

「高野さんと結婚してたら、たぶん、平野さんと結婚してたらどうだったのかなって想像していますよ。静岡なら新幹線ですよね。お土産はやっぱり東京駅の大丸ですか？　それとも新宿の伊勢丹なんかも良いですね」

「そうですね。私、ホテルに今から帰って、主人とお義母さんに電話します。お義母さん、お土産何が良いか聞いてみますね。お会計してください」

そう言うと聡美さんは支払いをすませ、素敵な笑顔を見せ、お店を後にした。聡美さん、昔は本当にモテたのだろう。

バーではエブリシング・バット・ザ・ガールがずっと「自分の場所はここ、愛はここにある」と歌っていた。

ある時、外国人同士のお客様がカウンターで「日本の六月はレイニー・シーズンだからね。雨の京都や鎌倉はとても綺麗だよ」という話をしていたことがある。

なるほど、梅雨のことを彼らはレイニー・シーズンと呼ぶのだ。雨の季節は心が少しだけ重たくなるが、雨が降る街はとても美しい。その夜も渋谷に雨が降っていた。

雨が降る空気が少し湿った夜にはどんな曲があうかしばらく考えてみて、『オール・ザ・シングス・ユー・アー』という曲を思いついた。

「いつの日か僕の幸せな腕があなたを抱きしめる。あなたのすべてが僕のものとなるその時を」という意味の曲だ。

この曲の主人公は実は片思いだ。かなり一方的な片思いだけど、なぜか本人は「いつかあなたのすべてが僕のものとなる」と確信を持っている力強い恋の歌だ。

私は、エラ・フィッツジェラルドのレコードを取り出した。エラが歌うと、恋する熱い気持ちがこちらの心に響いてくる。いつの日か、自分のこの腕があなたを抱きしめるという、熱い気持ちが。

レコードをターンテーブルの上に置いて針をのせると、バーの扉が開いて、男女二人組が傘を畳みながら入ってきた。

男性の方は二十七、八歳。細身でジャケットにTシャツにリュックとカジュアルながら、清潔感がある。勤め人独特の疲れた感じはなく、知的でどこか浮き世離れした雰囲気もあるので、おそらく研究者か学芸員なのではないかと私は想像した。

女性の方は三十四、五歳くらいだろうか。ショートブーツに細身のジーンズ。薄手のグレーのニットに白いストールをふんわりと巻いている。色白で、彼女も知的な雰囲気だ。

女性の方が慣れているようで、彼女が「ここいいですか？」と言い、二人でカウンターの真ん中に座った。

「タンカレーでジントニックを」と、彼女がメニューを見ずに言うと、男性も「じゃあ僕も同じものを」と注文した。

「ここのジントニックすごくおいしいのよ」彼女が彼に言う。

「でもマスター、タンカレーのジントニックでしたら、どのバーでも同じ味のはずですよね。何かおいしくするコツがあるんですか？」

彼の質問に、私はこう答えた。

「ある広告代理店が『おいしいとなぜ感じるのか』というのを調査したらしいんです。

人が『おいしい』と感じる理由には、『①本来のおいしさ』と『②その食べ物や飲み物が持っているブランドイメージ』と『③それを味わう時の雰囲気』の三つがあると判明したそうです。

一つ目の、本当に味そのものから感じる『おいしさ』はおいしい全体の三割なのだそうです。

二つ目の『ブランドイメージ』ですが、例えばタンカレーというジンは癖がない透き通った味わいで、カクテルとの相性がとても良く、といった物語が、人がおいしく感じる全体の三割だそうです。

残りのおいしいの四割が三つ目の『雰囲気』で決定されるそうです。自宅でまったく同じようにジントニックを作ってもそんなにおいしくないのは、自宅ではバーの非日常的な雰囲気がないからです。一緒に飲んでいる人も関係します。喧嘩をすると『まずくなる』ってよく言いますよね。あれは本当にまずくなるんです。お互いが好きあっていると本当においしくなります」

「なるほど。面白いですね。人間の味覚ってそんなものなんですね」と彼が答えた。

私は二人の前にタンカレーのジントニックを置く。

二人は「乾杯」と言って、ジントニックに口をつける。

同時に「おいしい」と声をもらし、二人は目をあわせ少しだけ笑った。

私は邪魔をしてはいけないと思い、次にかけるべきレコードを思案しているようなフリをした。

彼女が彼に「うちの雑誌、あの女優の件で大忙しで、頂いていた原稿、まだ掲載できなくてすいませんね」なんて話を始めた。

彼が突然、彼女にこう言った。

「いえ、僕の原稿のことなんてどうだっていいんです。そんなことより僕、中島さんに伝えたいことがあるんです。僕、中島さんのこと好きです。お会いした時からずっと好きでした。もうこの気持ちは抑えられなくて今日こそ伝えようと思ってました。大好きです」

私は冷静にレコードのレーベルの曲名をチェックするフリをしながら、心の中では「突然そんな告白してしまって大丈夫なのだろうか」と、あせってしまった。

意外と彼女の方は落ち着いていて、「何言ってるんですか。私に彼氏いるの知ってますよね。もう四年も一緒に住んでるの」と、すぐに答えた。

おそらく、彼女はとっくの昔から彼が自分に気があるとわかっていて「今日あたり彼が自分に告白するだろうな」と、薄々予想していたのだろう。

彼がこう言った。

「知ってます。フェイスブックで顔も見ました。感じの良さそうな人でした」

「でしょ。彼とはすごく仲が良くて、そろそろ結婚もしそうなんです」

「でも、僕、中島さんのこと、すごく好きです。彼が中島さんのことを好きなのよりも絶対にもっともっと好きな自信があります」

「何言ってるんですか」

「僕、中島さんが彼と別れるの待ちます」

「あのですねえ……」

「あの……、中島さんも、僕のこと好きですよね」

「ええ?」

「あ、やっぱりそうですよね。じゃあ僕、これから中島さんのこと、一生懸命口説きます。デートとかも彼よりもすごく楽しいものにします。おいしいお店とか勉強します。中島さん、絶対に僕といる方が幸せになると思います」

「ちょっと何を突然勝手に言い出してるんですか。そんなのありえないですから」

「すいません。でも僕、本気です。今日はこれでこの話終わりにします。でも、本気で中島さんのこと好きです」

ここで二人はこの件についての話を終え、また仕事の話に戻った。

しかし、明らかに空気がその彼の告白の前と後とで「ふっ」と変わってしまったのを私は感じとった。彼は明らかに彼女のことを真剣に見つめる「男」になったし、彼女もその視線を意識してしまって、会話も以前のように弾まなくなった。

彼女がもてあましたかのように、私に「マスター、このジントニックやっぱりおいしいですね」と言った。

すると彼は「好きな人と飲むとおいしく感じるとさっきマスターが言ってましたよ」と言う。彼女は彼の方を見ないで、私に「もう一杯同じものを」と注文した。

後ろではエラ・フィッツジェラルドが「いつの日か私の腕があなたを抱きしめる。あなたのすべてを」と歌っていた。

『恋はあせらず』という曲がある。ダイアナ・ロスが在籍したシュープリームスがヒットさせたとても明るいR&Bの名曲だ。

「私には恋が必要。でもママは言った。恋はあせっちゃダメ。待つだけでいいの。時間をかけて」という内容で、女の子のあせる気持ちをなだめるとても可愛い内容の歌だ。おそらく全世界中の女の子が恋に落ちた時、これを聞いて「あせっちゃダメ」と言い聞かせて歌い継がれてきたはずだ。

七月の晴れた日の夕方、久しぶりに少し涼しい風が渋谷の街をすりぬけていった。デパートの屋上のビアガーデンではネクタイをゆるめたサラリーマンたちの乾杯の声が響いていることだろう。

私のバーではそこまで雰囲気を崩すことも出来ず、しかし今夜くらいはちょっと華やかにしようと思い、この『恋はあせらず』が入ったダイアナ・ロスのアルバムをターンテーブルの上にのせた。

そこに二十代後半くらいの明るい表情の女性がバーの扉を開けて入ってきた。目鼻立ちははっきりしていて、背は高く短いスカートから見える脚は長い。胸から腰の曲線も女性的で、身のこなしが踊っているようだ。

彼女は入るなり私の顔を見て、「こんばんは」と言い、大きな口を開けた笑顔を見せたので、私もついつられて笑顔になり、「どうぞお好きな席に」と言った。

彼女はカウンターの一番端のスツールに座るとこう言った。

「マスター、私、シャンパンが大好きなんです。でもシャンパンってフランスのシャンパンしか呼んじゃダメなんですよね。それはわかるんですけど、シャンペンって言う人もいるし、なんかもう少しわかりやすくシャンパンのことを教えてもらえますか？」

「何かとややこしいですよね。まず、フランスにChampagne（シャンパーニュ）という地方があるんですね。読み方ですが、英語圏の方はそのまま英語読みで『シャンペイン』と発音します。だからアメリカの映画や音楽の中では『シャンペイン』と呼ばれています。以前は、日本に外国のものが入ってくる場合、多くはアメリカ経由でしたから、日本では年輩の方がよく英語読みに近い『シャンペン』という呼び方をします。最近では『シャンパーニュ』とフランス語読みするのが一般的になりました。『シャンパン』はその中間的な読み方でしょうか。

先ほどお客様が仰《おつしや》ったように、シャンパーニュ地方で作られたものだけをシャンパーニュと呼びます。

フランス人という人たちは自国の製品のブランドイメージを高めるのがうまいと言いますか、なぜか全世界で本当のお祝いの時は他のスパークリングワインではなくシャンパーニュで乾杯すべきだというイメージをうえつけていますね」

「なるほど。じゃあ私、シャンパーニュをいただこうかな。お祝いしたいことがあるんで」

「かしこまりました」

私はオリエント急行や超音速旅客機コンコルドのオフィシャル・シャンパーニュだったブルーノ・パイヤールというシャンパーニュのコルクを、音をたてないようにそっと抜いた。

細くて背の高いフルートグラスに優しく注ぎ、彼女の前に出すと、彼女は一口飲み、「おいしい！」と店中に響く声で言った。

「お祝いしたいことって何ですか？」と聞くと、「さっき、恋が終わったんです。それでその恋の終わりに乾杯しようと思って」と答えた。

「終わったことに乾杯ですか？　よろしければ詳しく教えていただけますか？」

「ははは。じゃあ聞いてもらえますか。この間、同僚の女性四人で飲んでたんですね。女同士だからもちろん恋の話になって、付き合っている男の話とか、デートはしたけどそんないい男じゃなかったとかいう話で盛り上がってたんです。

私のことも聞かれたので、思い切ってこう言ってみたんです。

『営業の渡辺さんっているじゃない。この間、お昼の十二時過ぎにエレベーターで一緒になったのね。渡辺さんが〝もし良ければランチ、一緒にどうですか？〟って言うから行ったの。そしたらなんか話があっちゃって。それからずっとメールを毎日やり取りする仲になったの。ほら、見て見て、メールで【おやすみ】とか送ってくるの。それでね、私、実は渡辺さんのこと、もうすごく好きになっちゃって。たぶん、渡辺さんも私のこと、嫌いじゃないと思うの。ねえ、どう思う？』

そしたらみんなが『それ絶対、大丈夫。告白しちゃえ！』って言うから、その場の酔った勢いで渡辺さんに【好きです】ってだけのメールを送っちゃったんです。

その後、全然、返事が戻ってこなくて。朝、起きてもまだ返事が戻ってなくて。今朝、会社で会ってもいつも通りの雰囲気なんです。これ、なかったことになるのかなって思ってたら、さっき会社が終わってから送ったんだと思うんですけど、こんな返事が来たんです。

【お返事遅れてすいません。そしてお気持ち、ありがとうございます。すごく嬉しいです。お話ししてなかったのですが、実は僕、今度結婚する予定の女性がいるんです】

【あ、そうだったんですね。知らなかった。教えてくれたらよかったのに。でも、別に会社の同僚の女性に結婚することを伝えなきゃいけない義務なんてないですよね。ごめんなさい】

【すいません。何度か言おうかなと思ったこともあったんですけど】

【そうなんですね。私でしたら全然大丈夫ですよ。私、なんか昨日、みんなと飲んでて、酔っぱらった勢いであんなの送っちゃったんです。ごめんなさい。なんか重いですよね。忘れてくださいね】

【いえ。お気持ち嬉しいです】

【ごめんなさい。困らせてますよね。困らせついでに渡辺さんにお願いがあるんですけど】

【はい。なんでしょうか？】

【今度、一回だけで良いから私とデートしてください。お昼にどこかで待ち合わせをして、渡辺さんがいつものスーツじゃなくてジーンズとチェックのシャツかなんかで来てくれたらいいなってずっと思ってたんです】

【もちろんＯＫです。ジーンズとチェックのシャツも了解です（笑）。いつにしますか？今度の日曜日とかどうでしょうか？】

【冗談です。どんな反応するかな、もっと困って変な言い訳をするかなと思って試しで言ってみただけです。そんなデートなんてしてたらダメですよ。渡辺さん、優しすぎるんです。もっと女性に冷たくした方が良いですよ。勘違いする私みたいな女、これからも出てきます

よ】

【ごめんなさい】」

「それで、さっき恋が終わったんですね」と言うと、彼女がこう答えた。

「終わったはずなんですけどね。優しいと嫌いになれなくて困りますね。マスター、飲み干しちゃいました。シャンパーニュ、もう一杯！」

後ろではダイアナ・ロスがずっと「恋はあせっちゃダメ」と歌っていた。

最近の東京の八月はまるで熱帯地方のスコールのような雨が降る。その日も、昼の間は灼熱の太陽が渋谷の街に照りつけていたのに、五時頃になると黒い雲がたちこめ、大粒の雨が降り出した。しかし三十分後には完全に雨は上がり、南の島の夕方のビーチのような爽やかな風が渋谷の街を通り過ぎた。

日が落ち、さっきまでオフィスで働いていた人たちがビルの外に出て「え、雨、降ってたんだ」と驚きの声をあげている。

夜空には一片の雲もなく、こちらを眺める三日月に手が触れられそうだ。

私は『ライク・サムワン・イン・ラブ』を今夜は聞こうと思った。

「最近、ふと気づくと星を眺めてたりする。ギターが聞こえてきたり。まるで恋している人みたいに。時々、自分がすることにびっくりしてしまう。そんな時はいつもあなたが近くにいる」という内容の歌詞で、恋が始まった時のあの妙にふわふわした心をうまくとらえた曲だ。

私はレコード棚の前でしばらく考え、リタ・ライスのアルバムを取り出した。

リタ・ライスはオランダの女性ジャズ・ボーカリストで、「ヨーロッパから見た憧れのアメリカのジャズを歌う」という姿勢をくずさない。

私たちアジア人も同じような憧れの視線でアメリカを見てしまうからなのだろうか、私はリタ・ライスのアメリカのジャズとの距離のとり方が大好きだ。

そんなリタ・ライスのアルバムに針を落とすと、バーの扉が開き落ち着いた大人の雰囲気の女性が入ってきた。

年齢は四十歳前後くらいだろうか、カミンスキーのハットをかぶり、白いTシャツとデニムのロングスカートに、ミュールとかごバッグをあわせている。少しだけ彼女から香水が香り、成熟した女性の魅力を感じた。

私が「いらっしゃいませ」と言うと、ハットをとり、少し微笑んで、「ここいいですか」

と、カウンターの真ん中に座った。髪の毛は肩まであり、左手でその髪をかきあげた。

彼女はボトルが並んだ棚の方を眺め、何か思案しているようだ。

私が「何かお飲み物に悩まれていますか？　バーテンダーはお酒のプロですから何でも相談してください」と言うと彼女はこう答えた。

「ウイスキーが気になるんですが、ちょっと教えてください。マスター、シングル・モルトってどういうものですか？」

「どうしてシングル・モルトのことが知りたいんですか？」

「この間、男性とバーに行ったんですけど、彼がバーテンダーさんとスモーキー・フレイバーとかシェリー樽とかシングル・モルトとかの話をしてたんです。それが何か気になって」

「なるほど。バー好きな男性特有のうんちくですね。でも、一度知ってしまうと結構面白いものなんです。

まずモルトは麦芽のことです。大麦を水にひたして芽が出ますよね。その後、その麦芽をスコットランド特有のピートと呼ばれる炭を燃やして乾燥させるんですね。そのピートという炭に独特の香りがありまして、麦芽に『スモーキー・フレイバー』が付くというわけです。これがスコッチ・ウイスキー特有の香り、ピート香になります」

「麦芽にスモーキー・フレイバーが付くんですね」

「この麦芽を発酵させて、お酒にします。さらにこのお酒を煮詰めて飛んだアルコールを集めたのが麦芽が原料の蒸留酒です。でもこのままではこの蒸留酒は無色透明ですよね。最初はこれを飲んでいたそうです」

「ウオッカも焼酎も蒸留酒は無色透明ですよね。でもウイスキーは樽で熟成させて茶色くしてるんですよね」

「正解です。一七一三年に政府が麦芽に対して税金を課すことにしました。

その税金から逃れるためにスコットランドの蒸留所が山にこもり、シェリーの空樽に隠して買い手が現れるまで貯蔵したのです。樽で貯蔵することにより無色透明だった蒸留酒が琥珀《こはく》色になり、シェリー香や樽の香りも付くという偶然の効果が見られたというわけです」

「樽の香りってそういうことなんですか。面白いですね」

「このモルトから出来たウイスキーをモルト・ウイスキーと呼ぶのですが、普通スコッチ・ウイスキーは複数のモルト・ウイスキーとグレン・ウイスキーという小麦やトウモロコシといった穀物のウイスキーを混ぜて瓶詰めします。その混ぜる前のひとつの蒸留所だけで作られたウイスキーを瓶詰めしたものをシングル・モルト・ウイスキーと呼ぶわけです」

「シングル・モルト・ウイスキー、他と混ぜない麦芽のウイスキーというわけですね」

「シングル・モルト・ウイスキーにはマッカランやボウモアといったバーで定番の有名な銘柄がたくさんあります。どの銘柄も個性的で自分の好みの味に出会うと本当に楽しくなってきますよ」

「それじゃあそのボウモアというのをいただけますか。どうやって飲むのが良いのでしょうか？」

「一番香りが楽しめるのはウイスキーと水を一対一で割るトワイス・アップという飲み方です。強すぎないし香りの違いがわかるからおすすめですよ」

「ではそれでお願いします」

私はボウモアの十二年を、香りがわかりやすい口の広いグラスに注ぎ、同量の常温のミネラルウオーターを足して、彼女の前に出した。

「ああ、不思議な香りですね」

「その香りに一度はまると、癖になってしまうものなんです」

「そうなんですか。ふーん」

「どうされましたか？」

「マスター、私、恋をしてるんです」

「大変失礼ですが、左手の薬指にされているのは結婚指輪ではないのでしょうか」

「結婚指輪です。旦那ともちゃんとうまくいってますよ。そんなことわかったうえで、最近、すごく恋をしてるんです」

「恋ですか……、お客様のような方はどういう風に恋が始まるんですか？」

「最初は仕事の関係でメールをしてたんですけど、たまに私が『あの映画、観ましたか？すごくいいですよ』って感じのことを書いたら、彼も自分のことを書き始めて、いつの間にか仕事のことは関係なく、メールを往復するようになったんです」

「なるほど。普通は仕事の事務的な用件だけで、ちょっと天気のことや共通の知人のことなんかを書いて、それで終わりですよね。そんな風に始まるんですね」

「そうなんです。

『あ、メール来てる』って気がつきますよね。

開けるのにドキドキするじゃないですか。

読み始めると、事務的なことが書いてあるんだけど、何か私だけを意識したこと書いてないかなあって何度も読み返したりしますよね。この言葉ってどういう意味なんだろう、もしかして誘っているのかなとか考えますよね。ちょっとした絵文字でさえもどういう気持ちなんだろうって勘ぐります。

そういうことを感じ始めると『ああ、やっぱりこの私の今の気持ちはすごく恋が始まっているんだ』って確認するんです。

私、その『あ、恋が始まった』って瞬間がすごく好きなんです。この感覚って結婚したり年齢を重ねたりしたら、もうなくなるものだと昔は思ってたんですね。

でも、こんな風にやっぱり『恋』って始まるんだあって思うと、人間ってすごいなあって思うんです。

マスター、子供を作るのが目的じゃないのに異性にひかれるのって人間だけなんです。こういう特別な感覚があって、その恋を感じるとこんなに特別な気持ちになれるのに、『もう恋なんてしない』ってもったいないです。

私、こんな風に自分の心の中に恋が始まってくる瞬間がすごく好きで、『恋って贅沢品だなあ』って思うんです。たぶん、高いコートやすごくおいしいレストランなんかよりずっとずっと贅沢なんです。

この感覚を忘れてしまったり、もう自分とは関係ないことだなんて思っているのってもったいないなあって思うんです」

「なるほど。それで今はその恋の相手とはどんな感じなんですか？」

「最近、たまに電話しているんです」

「電話ですか。それだけなんですよね」

「ええ。電話、楽しいですよ。彼の声が耳元で聞こえるとドキドキするんです。私の声も彼の耳にそんな風に届いてるかなあって想像してみるんです。今、もしかして切りたがってるのかなあ、話を終わらせようとしているのかな、あ、でも新しい話題が出てきたから切りたくないんだなとかすごくドキドキしますよ」

「お客様の気持ちは伝わっているんですか?」

「マスター、そんなに急がなくていいんです。恋は贅沢品って言いましたよね。ゆっくりゆっくりと味わうのがいいんです」

「むこうはお客様のことをどう思ってるんですか?」

「うーん、どうなんでしょう。たぶん同じくらいの気持ちなんじゃないですかねえ。もしかして私の片思いかもしれないし。でもどっちでもいいんです。そんなに急ぐ必要はないですから」

彼女はそう言うと、ボウモアのトワイス・アップに軽く唇をつけて、「ほんと、こういう味、ちょっと癖になりそうですね」と言った。

後ろではリタ・ライスが「まるで恋みたい」と歌い続けていた。

🍷

今夜はバート・バカラックの『アイル・ネヴァー・フォーリン・ラブ・アゲイン』をかけることにした。タイトル通り、失恋した女性の気持ちを歌う曲で、曲調はとても明るくて可愛いのに、どこか切なさがひっかかる。たぶん泣きながら一緒に歌った女の子が世界には何十万人もいて、その彼女たちの気持ちがこの歌に染み込んでいるのかもしれない。もう二度と恋なんてしない。いいタイトルだ。

九月、昼の間はまだまだ暑いが、夜になると少しだけ涼しい風が渋谷の街を通り抜ける。私が表に看板を出してライトを灯すと、近くの出版社で働いている桃子さんがこちらに向かって大きく手を振るのが見えた。

桃子さんは年齢は二十五歳くらい、身長は百五十を少しこえたくらいだろうか。個性的なメガネに帽子をかぶり、前髪は眉毛の上で揃えている。いつも笑顔が素敵で、私がその笑顔をほめると、顔を真っ赤にしてうつむいてしまう。

桃子さんはカウンターの真ん中に座るなり「モヒートをください」と注文した。

「まだまだ暑いからモヒート飲みたくなりますよね」と桃子さんに言った。

「私、お酒わからないんで、何でもいいんですけど、モヒートってさっぱりしてるじゃないですか。なんかついつい頼んじゃうんです。けどモヒートってどういうお酒なんですか？」

「モヒートはキューバのカクテルです。ミントとライムとお砂糖とホワイトラムをクラブソーダで割ったものです。ヘミングウェイが好んだというので有名ですね」

「出た、ヘミングウェイ。私、出版社に勤めているのに『老人と海』しか読んでないんです」

「私は職業柄、ヘミングウェイの作品の中のお酒の使い方を楽しむために読んでいます。この登場人物にはこういうお酒を飲ませる、こういうシチュエーションではこういうワインを開けるといった参考になることがたくさんあります」

「登場人物が飲むお酒を知るのって楽しいんですか？」

「すごく楽しいですよ。毎日、私はお客様にお酒を出しているわけですが、この方はこういう服装でこういう髪型で、こういう話し方で、こういうお酒を注文するんだと、日々、考えるきっかけになります」

「人間観察が好きなんですね」

「お客様の服装や話し方で、先回りしてお客様の好みを判断しておこうという感覚でしょうか」

「私も観察するんです」

私はタンブラーに生のミントとキビ砂糖を入れ、ライムを搾り込み、バースプーンでミントを潰した。ハバナクラブを注ぎクラッシュアイスを入れ、ウィルキンソンのソーダでみたした。軽くステアし、桃子さんの前に置くと、桃子さんはモヒートに口をつけ、「おいしい！」と言ってこんなことを話し始めた。

「この間、ある女優さんにロングインタビューをしたんです。彼女、すごく綺麗なんですけど、私、すごくブスじゃないですか。なんか心を許してくれたのか、高校生の頃の失恋のこととかいろんなこと話してくれて」

「桃子さん、ブスでしょうか？」

「マスター、無理に優しくしてくれなくていいんです。私、小さい頃、お母さんが『この子はピンクやスカートが似合わないから』って言ってるのを聞いてて、なんとなくわかってはいたんです。でもそれって女の子っぽくないってことなのかな、ちょっとボーイッシュって意味なのかなとか自分で考え直したりもしてたんです。

けど、小学生になって男子にブスって言われたんです」

「まあ小学生の男の子ってそういうこと言いたがりますから」

「いえ。一人や二人じゃなかったんです。決定的だったのはクラス委員の女の子が朝の会で『顔のことを言うのはやめましょう』って男子たちを注意したんです。それって、私をブスだって彼女も認めてたってことですよね。それでやっと私は本物のブスなんだって自覚できるようになったんです。

世の中には美人について語られたネット記事や雑誌の特集はたくさんありますよね。和風美人とかセクシー系美人とか美人ってホントみんなに語られるんです。

でもブスについて語られることってまずありません。ブスにもたくさん種類があるはずなのに、『ブスはブス、以上』、なんです。

私、ブスについてとことん詳しくなろうと思ったんです。

いろんなブスを観察しました。マスターは興味ないと思いますが、世の中には本当にたくさんの種類のブスが存在します。アイドルおっかけのブス、勉強だけのブス。自意識過剰なブス、女を捨てたブス、ハーフなのにブス、胸の谷間を強調したりするエロいブス、とにかくいろんな種類のブスがいるんです。でも誰もそんなブスの違いのことなんて気にしていないんです。『ブスはブス、以上』、なんです。

私は『明るいブスになる』って決めました。笑われてもいいんです。あの子ブスだけど一緒にいると楽しいなあって思われるブスというのを自分で模索しました。カラオケで変に踊って笑われる役、飲み会で『ブスが言うな！　だよね！』って自分で突っ込んで笑われる役です。

髪の毛は短くして色気は出さない。目なんて悪くないけどちょっと変わったメガネをかけてブスをごまかす。帽子も時々可愛いのをかぶる。いつも清潔で元気そうな雰囲気を出す、って感じで、とにかく明るいブスを自分で作り上げました。

男の友達や美人の友達もたくさんできました。私、すごく頑張ったんです。『顔のことを言うのはやめましょう』なんて言ったクラス委員の女よりずっとずっと楽しく人生を過ごそうって思ったんです」

「そうですか」

「私、それで終わりにしておけば良かったのですが、調子に乗ってずっと小さい頃から憧れていた『普通の恋愛』っていうのをしたくなったんです。

私だってヴァレンタインやクリスマスがあるのは知ってます。私がそんなイベントに参加したり、興味があるような素振りをちょっとでも見せたらやっぱり痛いんです。

ブスが本気そうな高級チョコをあげたり、男とライトアップされたクリスマス・ツリーを見に行ったりするのって、ありえないんです。

でも私も女の子だから、やっぱり恋をしてみたかったんです。

それが間違いの始まりでした。男性は私を面白いとは思ってくれるのですが、恋愛対象とは見てくれないんです」

「誰かに恋をしたんですか？」

「田中さんという同僚を好きになりました。マンガや音楽の趣味がすごくあうんです。職場でも『おまえら兄妹か』って言われるくらい気があうんです。よくお昼に会社の近所の牛丼屋にご飯を一緒に食べに行ったりするし、メールもたまにやり取りするし、私にしてみればこんなに一人の男性と親しくするなんて初めてのことでした。

私、とにかく田中さんに『好きです』って言おうって決めました。今、言わないと、たぶん一生、男の人に告白なんてできないって思ったんです。とにかく『好きです』と言ってみよう、それでダメだったらもう一生恋なんてしないって決めました。

今までちゃんとした恋愛やデートなんてしたことないので、どうやって誘っていいのかわからないから、田中さんに『お疲れ。飲み行きますか！』ってお昼にメールを送ったら『OKっす！』って戻ってきました。

田中さん、絶対にお洒落なお店なんか知らないタイプだから、私が以前女友達の誕生会に使った小さいイタリアンを勝手に予約しておきました。いわゆる普通のOLさんがしているようなデートを一度でいいからしてみたかったんです。

会社を出たところで待ってたら、田中さんが来るなり『お疲れです！　俺が知ってる渋谷の二度漬け禁止の立ち飲み屋でいい？』って言うので『いいっすねえ』って言っちゃいました。

二人でハイボールで乾杯している時に、田中さんの携帯に電話がかかってきました。田中さん、『うん、前に話していた桃子ちゃんといるからおいでよ』って言うんです。

十分後、田中さんの友達の樋口くんがやってきてみんなで『はじめまして。かんぱーい！』ってなっちゃいました。

私、いつものようにブスで面白い女で二人を笑わせてたんですけど、今日は田中さんに告白しなきゃ告白しなきゃってずっと思ってて、二人の前で、いつもの明るいブスのキャラを意識してこう言ってみたんです。

『私、ここで告白します！　田中さんのことが大好きです！』

そしたら田中さんと樋口くんが大爆笑したんです。こんなブスがまさか本気で告白しているなんて思わないんです。

ここで妙にマジな奴になったら二人とも引いちゃうじゃないですか。こう言いました。

『告白終わり！　田中さんのリアクションなし！　私、失恋しちゃいました。今日は飲むぞ！』

もう一度、乾杯しようとしたんですけど、田中さんなんて全然笑ってないし、樋口くんも固まっています。樋口くんがこう言いました。

『桃子ちゃん、田中のことを好きって本気なんでしょ。なんか飲んだ勢いで冗談っぽく言ったのかと思って、さっきは笑ってごめん。田中、今、彼女いないし、好きな人もいないよ。田中、よく桃子ちゃんのことを話しているから、結構、桃子ちゃんのこと気になってるはずだよ。俺、今から帰るから、もう一回田中に告白してみれば』

田中さんと二人きりになりました。

『田中さん、こんなブスが調子に乗って酔った勢いでごめんね。さっきのこと忘れて飲みなおそうか』

『桃子さん、さっきの言葉、酔った勢いだったの？　俺、すごく嬉しかったんだけど』

私、田中さんと付き合うことになりました。はい、以上ブスの私の恋の話でした。めでたしめでたし」

私は桃子さんにお代わりのモヒートを出しながら、こう言った。

「なんだ。告白、成功したんじゃないですか。今度その田中さんとぜひ一緒に来てくださいよ」

「うーん、私の彼氏、バーって緊張するタイプなんですよねえ」

「え？　今、彼氏って言いましたよね。幸せそうですね」

桃子さんは少し涙目になって、モヒートに口をつけた。

バーではバート・バカラックの『アイル・ネヴァー・フォーリン・ラブ・アゲイン』がかかっていた。

『ジャスト・フレンズ』という失恋を歌った有名なジャズ・スタンダードがある。今はもう「ただの友達」で、「二度と以前のような恋人同士には戻れない、キスなんてない……」という切ない歌だ。

おそらく全世界の失恋した人たちがこの曲をバーやクラブでリクエストしてきたのだろう。たくさんのジャズ・シンガーがこの曲を歌っているが、私のバーではプリシラ・パリスというお人形のような綺麗な顔をした白人女性歌手が歌う『ジャスト・フレンズ』をいつもかけている。

彼女がこの曲を歌うとどうも男性は勘違いしてしまうような気がする。もしかしてもう一度、彼女に「好きだ。やり直そう」と言えば戻ってきてくれるんじゃないかと。プリシラの歌声はそんな男性を優しく許してくれそうでとても危ない。

秋が深まり始めた十月。その夜は九時を過ぎてもお客様がまったく来ない日で、私はこのプリシラ・パリスの切なくて甘いアルバムを何回もかけていた。秋の切なさとプリシラの甘い声はよくあう。

そこに「マスター、寒くなりましたね」と言いながら、斉藤さんという常連の男性が来店した。斉藤さんは三十代前半、近くのＩＴ系の会社に勤めている。いつも黒っぽいスーツに赤系の色のネクタイを締め、坊主頭で背は高く、声が大きい。いわゆる憎めないタイプだ。斉藤さんはいつも通り、入ってすぐのカウンターの一番端に陣取り、「今日のビールは何ですか？」と聞いた。

十月はメキシコ産のネグラ・モデロを出している。

十九世紀半ばに、炒《い》って赤くした麦芽を使った「ヴィエナ」という赤茶色のビールがオーストリアにあったが、第一次世界大戦でオーストリア＝ハンガリー帝国が敗れた後、この

「ヴィエナ」は衰退していった。

しかし、オーストリア・ハプスブルク家が統治していたメキシコではこの「ヴィエナ」というビールが長く受け継がれた。

私は斉藤さんの前にこのネグラ・モデロを置き、「ハプスブルク家の忘れ形見のようなビールです。実はメキシコ料理のスパイスにすごくあう情熱的なビールなんです」と説明した。

斉藤さんはそのビールの香りをとり、グラスを傾けゴクリと音をたてて流し込んだ。

「こくがあってしっかりしてておいしいですね。今日はもうビールをたっぷり流し込んで酔っぱらおうって決めたのに、このビールだと上品に酔えそうです」

「突然、足にきたりするから気をつけてくださいね。でもどうして今日は酔っぱらいたいんですか？」

「マスターにそれを話しにきたんですよ。まあバカな男の話を聞いてください」

「聞きましょう」

「俺、二十代はじめの会社に入ったばかりの頃、同期の女の子とすごい恋愛をしたんです。もう人生初めての本物の恋で、彼女のことすごく好きだったし、彼女も俺のことをすごく好きだったはずなんです。

彼女、実家住まいだったんですけど、俺の一人暮らしの部屋に通ってきてほとんど同棲みたいな感じでした。休日なんてずっと二人で抱きあってベタベタしてたし、もうそういう若い頃ってセックスばっかりしてるじゃないですか。お互いの今までのことや未来の夢なんかも全部、一切合切話しあいました。

本当に飽きずにずっと一緒で、また、たくさん喧嘩もしたんです。

仲が良くて気があうとお互いすごく気を遣わなくなって、言いたいことを言うから喧嘩が増えるんですよね。相手が気にしているようなこともわざと傷つけたくなって言ってしまうし、もう後先考えずに感情をそのままぶつけちゃうんです。親とか兄弟とかもそうじゃないですか。仲が良ければ良いほど、なんか距離が近すぎて喧嘩になっちゃうんです。

彼女とは何度も別れました。『もう無理。一緒にはいたくない』って言って、連絡をとらなくなるんですけど、しばらくするとお互い寂しくなって連絡をとっちゃうんです。

会社に入ってすぐに付き合い始めたから二十三から二十八までずっとそんな感じでくっついたり別れたりしてたんです。五年間ずっと一番近くてやっぱり一番好きな女性でした。

今思えばどこかの段階で結婚すれば良かったんです。でも結婚を考えるような年齢じゃなかったんですよね。

目の前の『大好き』とか『もう別れたい』とかそういうのばっかりでいっぱいになってて、彼女が実は俺にすごくぴったりの女性だなんて気がつかなかったんです。

最後、二十八の時に今までで一番大きい喧嘩をして別れました」

「喧嘩の原因は何だったんですか？」

「ああ、覚えてないんですよねえ。なんかお互いの親のことがきっかけだったような気はするんですけど。彼女がすごく泣きながら『もう本当に終わりだと思う』って言ったのだけは覚えていて。

しばらくしたら彼女、親のすすめでお見合いして、あっさり結婚しちゃったんです。

俺のところにも『今度結婚するから』って連絡がありました。俺も『おめでとう。俺も結婚式出ていい？』とか言って結婚式にまで参列してしまったんです。

ほんとバカなんですけど結婚式の途中で、『ひとことあります！』って手をあげたんです。俺と彼女のこと知っている奴らは『バカ！　何するつもりだ！』って怒った顔してて。俺、前まで走っていって、司会からマイクを奪って『友達代表でひとことだけ言わせてください。おめでとうございます。瞳さんを幸せにしてください。それだけです』って言っちゃったんです。

結婚相手の男性だけが俺がどういう人間だか知らなくて、その会場では彼女の両親も含め、みんなもちろんわかってて。その相手の男性、ちょっと目をうるうるさせて『任せてください。幸せにします』って答えたんです。たぶん俺を幼なじみかなんかだと思ったんでしょうね。たぶんそいつ良い奴なんです。『ああ違うところで会ってたらこの男と仲良くなれたかも』なんて思いました。その男の真面目そうな目を見て、俺、放心状態になって自分の席に戻りました。それからすごく酒を飲んだので全然覚えていません」

「その後は普通に恋愛はしたんですか？」

「はい。俺もそれからは何度か普通に女の子を好きになって、ちゃんと告白したりデートしたり、ちょっと付き合ってみたり、失恋したり、そんなのを何度か繰り返しましたが、二十代のあの頃のようなすごく熱くて激しい気持ちになんて全然なれないんです。

魅力的な女性もいたし、一緒にベッドの中にいると充実した気持ちになることもあったんですけど、でも『この女性と結婚して死ぬまでずっと一緒にいたいか』って思うとそうでもない気がして」

「そうですか。その昔の彼女とは連絡はとってるんですか？」

「とってます。旦那が出張なんて時、二人で飲みに行ったりもしてます。どんな女性よりも話があうし、一緒に飲んでいて楽しいから誘っちゃうんです」

「それはマズいですね」

「別に不倫になんてならないですよ。この間、俺ちょうど女の子と別れたばかりで、つい酔った勢いで彼女に言っちゃったんです。

『俺、どうしておまえに結婚しようって言わなかったんだろう。俺、瞳と結婚するべきだったんだよなあ』

彼女こう答えたんです。

『いつかそういうつまんないことを言うんじゃないかと思ってた。あのね、私、今の旦那と結婚してすごく幸せなんだよね。斉藤くん、私が旦那のことをそんなに好きじゃないと思っているでしょ。無理して結婚したんだと勘違いしているでしょ。私がまだ斉藤くんにちょっと未練があると思ってるでしょ。男ってそういうものなんだよねえ。斉藤くん、私はもう全然斉藤くんのことを男として見てないって気づかないと次に行けないよ。私がすごくいい女だっていうことはわかってるけど、早く忘れなきゃ』

俺もうすごく腹が立って、また昔みたいに怒って帰って来ちゃったんです。でもたぶん彼女が言うことはあたってるんです。俺だけがひきずっているんです。彼女はもう一生振り向いてくれないところに行ってしまったんです。俺やっぱり彼女と結婚すれば良かったんです」

そう言うと、斉藤さんはネグラ・モデロを一気に流し込んだ。

バーではプリシラ・パリスが「もう私たちは友達なの」と甘く歌っていた。

渋谷にも少し冷たい風が吹く十一月。恋人たちは腕の組み方が強くなり、一人で歩く人はぬくもりが恋しい季節になってきた。こんな夜は温かい気持ちになる恋の歌が聞きたくなる。

『恋に落ちた時』というスタンダード曲がある。「たぶん僕は古くて過去の人間なのだろう」という言葉から始まり、「君も同じ思いでいると感じた時が、僕が君と恋に落ちる時」でしめくくられるロマンティックな歌だ。

私はこの曲が入ったナット・キング・コールのレコードを取り出した。

そのレコードをかけていると七十を少しこえたくらいの男性が店の扉を開けた。

深緑色のコーデュロイのジャケットを着て中は白いシャツ、銀縁の品のいいメガネをかけたお洒落な紳士だ。

私が「どうぞ」とカウンターの端の席をすすめると、男性はうなずいて座った。

「お飲み物はどうされますか？」と聞くと、男性はこう答えた。

「さっきまで孫たちに渋谷を連れ回されました。映画を観た後洋食を食べまして、お腹がいっぱいになってしまったのですが、最後に何か一杯と思ってこちらに立ち寄ったのです。こんな私に何かいいお酒はありますかね」

「もうお腹がいっぱいだけど、少しだけお酒を流し込みたいという時ありますね。私でしたらそういう時は薬草酒を飲みますがいかがでしょうか？」

「薬草酒ですか。それはどういったお酒なんでしょうか」

「ヨーロッパでは自宅で蒸留酒にハーブやスパイスを漬け込んで飲むという習慣があります。それにお湯をたしてホットドリンクにして、風邪を引きそうな寒い日に身体を温めたりもします。

修道僧がそんな薬草を漬け込んだリキュールを作るということもありまして、例えばこのシャルトリューズ、フランスの山奥の修道院で作られていて、ブランデーをベースに百三十種類にのぼるハーブやスパイスを使用しています。甘さもあるので食後酒としても最適ですよ。三島由紀夫もよく食後に飲んでいたと先輩のバーテンダーから聞いたことがあります」

男性は「ではそれをいただきます」と言った。

細身のリキュールグラスにシャルトリューズを注ぎ、男性の前に出すと、彼は香りを嗅《か》ぎ、少しだけ口にふくみこう言った。

「ああ、ちょっと度数が強いですがハーブの香りもしてこれはおいしいです。食後に良いお酒を教えていただけました。ありがとうございます」

「お孫さんたちと観たのはどんな映画だったんですか？」

「恋愛映画でした。私はある昭和の女優が目的だったのですが、主人公のお婆さんの役で自分の年を感じました。私の孫は中学生と高校生の女の子だから、映画の後の食事の時も、ずっと二人がその映画の恋愛について語りあっていて。ああ、二人はこれからたくさんの恋愛をするんだろうなあって思いました」

「そうですね。その年頃でしたら、恋に恋する時ですよね。お客様はその映画はどうでしたか？」

「私ですか。やっぱり恋はいいものですね。人が誰かと出会って好きになるってある意味奇跡ですからね」

「あの、何かありましたか？」

「あはは、なんだか年甲斐もないことを言ってしまいましたね。でもマスター、私も恋をしたんです」

「え。最近ですか？　もし良ければその話を教えていただけますか」

「先日、修理に出した時計がなおったと連絡があったので、東急本店に行くことになりました。妻がついでにお茶も買ってきてというので、時計を五階で受け取った後、地下に向かいました。妻はお茶はもうそのお店と決めているんです。

エスカレーターを降りていつものお茶売場の方に行くと、たぶん六十代半ばくらいなのではという印象の今まで見たことのない女性店員がいました。

彼女は、和服で色白で、黒くて長い髪を後ろでまとめていて、大きな瞳で私の方をちらりと見ました。

私は、彼女の人の心を虜にする圧倒的な美しさについ見とれてしまいました。

その女性は、若い頃からそういう男性の視線には慣れているのでしょう。優しい微笑を見せながら、手元の急須を持って、小さい湯呑みにお茶を注いで、私に『どうぞお試しください』と差し出しました。

私は最初は差し出された湯呑みが何のことなのかわからず戸惑ってしまいましたが、しばらくすると、『試飲のお茶だ』ということに気づきました。おそらく私は顔も真っ赤だったことでしょう、彼女の目も見られず、『あ、いただきます』と言ってその湯呑みを受け取りました。

恥ずかしくて恥ずかしくて頭の中が真っ白になってしまって何も言えません。

彼女が『どうですか？』とたずねました。

私は、彼女が何を言ってるのかが理解できません。

彼女がニコッと微笑みながら、もう一度『お茶のお味はいかがですか？』と言いました。

私は、ハッと気がついて『あ、おいしいです』と一言だけ答えました。

またしばらくの間、無言の時間が流れました。たぶん時間にして五秒くらいだったと思うのですが、すごく長い時間が流れたように思いました。女性はうつむいていて優しく微笑み、私はずっと手元の湯呑みを見ています。

『以前からこちらで働いていらっしゃいましたか？』私はようやくこう切り出しました。

『いえ。以前こちらの本社の社員でして、人手が足りないということで今日だけ手伝いに来たんです』

『そうですか』

『はい』

『今日だけなんですね』

『はい』

『あの』

『はい？』

『お茶を買いに来ました』

『そのようですね』

私たちは笑いました。

やっと店員とお客という本来の関係に戻ったのですが、彼女は完全に私の『恋心』に気がついていたように思います。

マスター、これは私の自惚《うぬぼ》れなのかもしれませんが、彼女も少なからず私に好感を持っていたのではないかと思いました。私も彼女の心が感じ取れたんです。

彼女にお茶を包んでもらっている間、私は彼女を見つめ続けました。たぶん会うのは最初で最後だろうと思いました。

彼女からお茶の包みを受け取る時、少しだけ手が触れました。私はもちろん心臓が止まりそうなほど驚いたのですが、彼女も急いで手を引っ込めました。

私は『どうも』と頭を下げて、お茶売場を去りました。上りのエスカレーターに乗り、どうしてこんな場所でこんな瞬間に出会ってしまったんだろうと思いました。……話はそれだけです」

バーではナット・キング・コールが「たぶん僕は古くて過去の人間なのだろう。君も同じ思いでいると感じた時が、僕が君と恋に落ちる時」と歌い続けていた。

十二月二十四日、深夜十二時を過ぎた頃、お客様たちも帰り、さっきまで騒がしかった店に静寂がおとずれた。

私はシンガーズ・アンリミテッドというコーラスグループの歌うクリスマス・アルバムをかけ、お店を片づけ始めた。

シンガーズ・アンリミテッド、直訳すると「制限のない歌手たち」。メンバー数はたった四人なのだが、一九六〇年代当時、最新の技術だった多重録音を駆使し、何十人分もの声に重ねあげて、見事なコーラスワークを聴かせた。文字通り、「制限のない歌手たち」というわけだ。

当時のアメリカの音楽ビジネスは、アルバムを発表後、全米ツアーをするというのが一般的な売り方だったのだが、シンガーズ・アンリミテッドはレコードの録音をステージ上では再現出来ないため、ツアーが不可能だった。実は彼らは「制限がある歌手たち」だった。

その全米ツアーが出来なかったことが理由で、シンガーズ・アンリミテッドはアメリカではあまり売れなかったといわれている。一般的なアメリカ人は、目の前に存在する、まるで手で触れられるような音楽を好んだのだけど、シンガーズ・アンリミテッドはそうではなかった。彼らは、レコードの中という架空の世界だけに存在する幻の音楽を作ったのだ。

世の中には手に触れられないけど、幻の世界にはちゃんと存在しているものもある。

そんなシンガーズ・アンリミテッドが歌う、クリスマス・ソングをかけていると、編集の仕事をしている青木さんという男性が突然扉を開けて入ってきた。

青木さんはこんな話を始めた。

「僕が付き合っていた女性のことなんです。美恵さんというフリーのイラストレーターだったんですけど、僕が関わった週刊誌のイラストをお願いしたのがきっかけで知り合いました。ちょっと小柄で、服はいつもお洒落で小さな目をくるくるさせて楽しそうに笑う人でした。僕は完全に恋に落ちました。

それからは職権乱用なんですけど、彼女と会う理由を作るために、彼女のイラストにあいそうな本ばかり企画するようになってしまいました。

彼女にどうしても会いたくて、資料なんてバイク便で送ればいいのに彼女の自宅の近くのカフェで待ち合わせをしたりして。

僕の彼女へのメール、【先日お願いしたイラスト用の写真の資料をお渡しするので美恵さん家《ち》の近所のカフェでお待ちしております】とか【今度、新しい企画があります。お会いして一時間くらいお話し出来ませんか？】とか、彼女に会う理由を無理矢理こじつけているのばかりだったんです。

もうこれはさすがにバレてるだろうなって思って、ある日、彼女にこう言いました。

『美恵さん、もうバレてるとは思いますが、好きです。美恵さんに、ただ会いたくて、一生懸命、会える理由を作ってました』

『ありがとうございます。私も青木さんのこと好きですよ。私も【写真の資料をお渡しするので美恵さん家の近所のカフェで】ってメールが来たら、嬉しくてどんな服着ていこうかな、でも近所のカフェだし着飾りすぎても不自然だなとかいつも悩んでました』

『そうなんですか？　嬉しいです。思い切って言って良かったです。じゃあ今度から無理して仕事で会う理由を考えなくて良いですか？』

『あはは。そうですね。もう必要ないですね。職場でも私のイラストばっかりで変な目で見られてたんじゃないですか？　じゃあ、今度からは普通に【今度、デートに行きませんか？】っていう件名でメールくださいね。そっちの方が私も嬉しいです』」

「それは良い展開ですね。その後はどうしたんですか？」と私が言うと青木さんはこう答えた。

「はい。もちろんそれからは何回もデートしました。休日に車に乗って湘南の方の海を見に行ったり、青山でライブを楽しんだ後、おいしいレストランに行ったりと、それはとても幸せな日々でした。でも、十一月を過ぎると、仕事上、年末進行というのがあります。深夜までの残業や休日出勤が重なって年末はクリスマス・イブまでしばらく会えなくなってしまったんです」

「なるほど。青木さんのお仕事は他の人たちが忘年会をしている時期が一番忙しいんですね」

「はい。毎日のようにメールだけはしていて、【クリスマス・イブはどうしようか？　レストランや街は混んでいるしね、やっぱりどっちかの部屋で二人で料理を作って、映画なんかを観ながらゆっくり過ごそうか】なんて話だけはずっとやり取りしていました。それが……、クリスマス・イブの一週間前のことです。彼女が交通事故で亡くなってしまったんです」

「え。そうだったんですか」

「彼女からの最後のメールの件名が【会いたい】だったんです。メールの内容はこんなものでした。

青木さん

会いたいです。一ヵ月前の最後のデートの後、別れないでそのまま青木さんの家に行って帰ってこなければ良かったって後悔しています。明日にでも青木さんの家に押し掛けちゃおうかなって思ってます。　美恵」

「その美恵さんからの最後の【会いたい】というメールの後、彼女は青木さんの家に来たんですか？」

「いえ。会えていないんです。彼女がそのメールを送信して数時間後の事故でしたから。僕、ちょっと変ですがその彼女の最後のメールへ返信で【僕も会いたい Re: 会いたい】という件名であれから毎日、今はもうこの世にいない彼女にメールを出してたんです。こんな風に。

【僕も会いたい Re: 会いたい】

美恵さん

僕も会いたいです。仕事なんて休んで、もっと何度も何度も会っていたら良かったたです。そして美恵さんに会ったままで目を離さなければ良かったのにって後悔しています。青木

ちょっと危ない精神状態だったとは思うのですが、もしかしてどこかで彼女がこのメールを見てくれているかもしれないと思ってたんです」

「そのメールは誰も読めないですよね」
「それが今日十二月二十四日、クリスマス・イブの昼に突然返事が届いたんです。

【美恵の母です Re: 僕も会いたい Re: 会いたい】

青木さん

驚かせてごめんなさい。美恵の母です。
美恵の遺品を処分している時にＰＣのメールを開けてしまいました。
青木さんのお気持ち、母親としてとても嬉しいです。
美恵が事故で亡くなる三日前に電話で話したんです。

『お母さん、私、初めて結婚したいなって思う人ができちゃった。もうその人のことを思うといつも会いたい会いたいって思っちゃうの。もうこんなに毎日会いたいんだから、ずっとこのまま毎日会ったままでいられると幸せかもなあって考えてたら、それって結婚のことじゃないかって気がついて。ねえ、お母さんもお父さんに会いたい、ずっと死ぬまで会ったままでいたいって思った？』

美恵へのメール、ありがとうございます。たぶん、美恵も天国で読んでくれていると思います。青木さんも幸せになってください。最後になりましたが、よいクリスマスを」

青木さんはそう話し終えるとレザムルーズを口にし、「マスター、このワイン、香りが華やかで時間も何もかもを包み込んでくれますね。僕たちが幸せだったあの頃のことを思い出します。恋人たちという名前のワインなんですよね。やっぱり一緒に飲んでいただけませんか？」と言った。

「そうですか。勤務中ですが少しいただきますね」私がそう言うと、青木さんはうなずき、グラスをあわせた。

バーではシンガーズ・アンリミテッド、制限のない歌手たちという名前のコーラスグループがクリスマス・ソングを歌い続けていた。

一月、東京にも雪が降る日がある。渋谷の雪はあっと言う間に人々にかき消されてしまうが、私のバーは少し裏手にあるためしばらくの間は雪見酒が楽しめる。

こんな雪の夜には、はかない音楽を聞きたくなり、レコード棚の前でしばらく考えた。

クロディーヌ・ロンジェというアメリカで女優、歌手として活躍したフランス人女性がいる。彼女がまだ無名の頃、ダンサーとして渡米し、ラスヴェガスで運転していた時、その車が故障で立ち往生し困っていたところに声をかけたのが、アメリカの大物歌手、アンディ・

ウイリアムスだった。

その後、クロディーヌはアンディの助けでアメリカで女優、歌手として大活躍し、二人は結婚した。アメリカ、ラスヴェガスらしい映画のような良い話だ。

そんなクロディーヌが『ナッシング・トゥ・ルーズ』という切ないメロディの曲を歌っている。「失うものはない。でも得るものはたくさんある。もし愛がここにずっととどまってくれれば」という意味の歌だ。

そのクロディーヌのアルバムに針を置くと、ブルーの厚手のコートを着た三十代後半くらいの女性が扉を開けて入ってきた。雪の中を傘もささずに歩いてきたのだろう。ダッフルコートに降り積もった雪を入り口で払い落としている。

私がコートを脱がせると、中の白いセーターが、ほんのり上気した白い肌の彼女にとてもよく似合っていた。つぶらな瞳は真っ黒で、ひき込まれそうな魅力があった。

「雪、強くなってきましたか？」と聞くと、彼女は柔らかい声で「そうですね。たぶんこれからどんどん積もりそうです」と答えた。

彼女はカウンターの一番端の席に座ると、髪の毛を耳にかけながら「私、雪が降る寒い夜に、暖かいバーで冷えた白ワインを飲むのが大好きなんです。でも白ワインを注文する時、何か飲みやすいものとしか言えなくて。どういう風に伝えれば自分が好きなワインが出てきますか？」と聞く。

「ワインは本当に種類がたくさんあるから難しいですよね。一番いいのは以前飲んでおいしいと感じたワインの銘柄を伝えていただくことですよ。私たちはプロですから、お客様が飲んでおいしかった銘柄をうかがえば、それに似た味わいのワインをお出しできます」

「そうですか。でもワインの名前ってあまり覚えられなくて」

「携帯電話でラベルの写真を撮っておいて、『これがおいしかった』って見せていただいても大丈夫ですよ」

「なるほど。ではそうではないもっとスマートな頼み方ってありますか？」

「好きなブドウの品種を言っていただけると助かりますね」

「ブドウの品種ですか」

「例えば今日でしたら、雪にぴったりの白ワインを考えてみると、ちょっと白桃の香りがするリースリングなんてどうでしょうか。少し甘さを感じますが柔らかい酸味があるので桃をそのまま食べているみたいで、雪の夜にはぴったりですよ。そしてリースリングを覚えたら、次はシャルドネを覚えて、という感じで自分の好きなブドウの品種を探すのがいいかと思います」

彼女が「じゃあそのリースリングをください」と言ったので、私はアルザスのリースリングを開けた。

香りを楽しみやすいように私は大ぶりのワイングラスに注ぎ、彼女の前に出した。

彼女はリースリングに口をつけると、「ああ、本当だ。これは桃ですね。気品があるのに、チャーミングなところもあって、こんな女性になりたいですね」と言いながら話を始めた。

「彼とはよくあるダブル不倫だったんです。彼には中学生の娘さんが一人いて、私には小学校の高学年の息子が一人います。

私たちが知り合ったのは仕事を通じてでした。美術館のキュレーターだった彼が、【思い出の中の愛する女性だけを描き続けた画家】という企画を立てたんです。その展示会を紹介する記事を私が自社のホームページに書いたのがきっかけでした。

キュレーターの彼とは取材で会って、その後は何度かメールでやり取りしてそれで関係は終わるはずだったのですが、お互いなんとなく気になって、【いい記事も出来たし、お疲れさまってことでちょっと食事でもいかがですか】なんてメールが届いて、私も【いいですね】って軽い気持ちで返信しました。

広尾の小さいビストロで、鴨のコンフィに南フランスの赤ワインをあわせて、私たちはたくさん喋りました。私はこんなに自分のことを誰かに喋ったことは初めてでした。彼も自分のことを思う存分に喋りました。

仕事で会ったはずなのに、私たちには後から後から話したいことがとどまることなくあふれてきました。何を話しても楽しくて、私は広尾の小さいビストロでずっとずっとこのまま朝まで喋っていたいと思いました。

その夜、ずっと話しながら、お互いに二人は完全に出会うタイミングを間違えたってわかったんです」

「二人が結婚する前に出会ってたら良かったのにってことですか？」

「はい。でもこういう話ってマスターはよく聞いていますよね。私たちも今、お互いの夫婦間が倦怠期でちょっと刺激的な恋愛がしたいだけなんじゃないか、なんてことも考えたんです」

「でも違ったんですね」

「はい。これは本物の恋だとお互い確信しました。笑いのポイント、完全に息があった会話、食べる物や飲み物の好み、好きな音楽や作家まで何から何まで同じ気持ちだったんです。セックスどころかまだ手をつないでもいないのに深いところでわかりあえました。この人が本当の運命の人なんだってお互いが感じあっているのがはっきりとわかりました」

「どうされたんですか？」

「二回目に飲んだ時に私たちは自然とホテルに行ってしまいました。やっぱり、セックスも素晴らしかったんです。終わった後は、ほとんど呆然としてしまって、本当に相性がいい人に出会うと、こんなに快感が大きいんだと驚きました。彼もたぶんそんな風に感じていたんだと思います。私たちはしばらく抱きあったままで今後のことを話しあいました。どちらも自分の家庭は壊したくないし、子供のことを第一に考えたい。

中途半端にこんな感じで会っていると、いつかお互いの家族に浮気がバレてしまうことになる、と。

こういうことにしました。その二回目に飲んだ日はちょうど桜が咲き始めた日でした。これから一年間だけこっそり付き合おう。お花見や、鎌倉の紫陽花《あじさい》を見に行くことや、夏にプールがある都心のホテルで一日中過ごすこと、秋の紅葉を箱根に見に行くことや、クリスマス前後においしいディナーを食べること、二月に東京の雪の中を一緒に歩くこと。そんなことを二人だけで経験しましょうと」

「一年間だけ付き合うって決めたんですね」

「はい。お互い結婚しているのに『付き合う』って変な表現ですが、その言葉が一番しっくりくる感じがしたんです。ええ、本当に二人が恋人同士になるという気持ちでした」

「どうして一年間だったんですか？」

「まず期間を決めないとずっとずるずると会ってしまうというのがわかってたし、例えばその期間が一月から六月までの半年だと『クリスマスも会いたかったな』ってずっと後悔するだろうなって思ったんです。普通の恋人たちがするようなことを全部経験して、それを思い出にして心にそっとしまって、別れようって考えたんです」

「思い出を作るためだったんですね」

「あと、こういう不倫関係の人たちはメールを消しているのはご存じですか？」

「そういう話、よく聞きますね」

「私たちはメールを消したくないねって話し合って、クローズドなＳＮＳを使うことにしたんです。

今日あったことを普通に書いたり、この間のデートが楽しかったことを書いたり、二人で撮った写真もそこだけに保存したりして、二人だけの恋の巣にしました」

「デートはたくさんしましたか？」

「お互い完全に一日が自由になるという日があまりなくて、会えるのは一ヵ月に一回、あるいは二ヵ月に一回くらいでした。二人で最初に話しあったように、鎌倉に紫陽花を見に行きましたし、暑い夏の日、一日中ずっとニューオータニのプールと快適な部屋でシャンパーニュを飲んだりもしました」

「雪が降る東京は二人で歩いたんですか？」

「歩きました。私が神楽坂の和食屋さんに行こうって言ったんです。そのお店でおいしいお鍋を食べた帰りに雪が降ってきました。彼が坂で雪に足をとられそうになって。私、東北出身だから雪道の歩き方を彼に教えてあげました」

「一年って決めたということは、別れはいつだったんですか？」

「桜が咲き始めた頃に付き合い始めたから、次の春の桜が開花宣言をしたらお別れにしようって決めました」

「桜の開花宣言ですか」

「はい。その雪が降った日のデートのあたりから、そろそろ終わりだねって二人で話しあいました。

春が近くなると街では桜の話ばかり始めますよね。私も近所の桜の木を見て、ああもう蕾《つぼみ》が大きくなってピンク色になっちゃったなあって思いました。本当に桜が咲いてしまうんだ。二人がもう二度と会えない日がやってくるんだと思いました。

沖縄で開花宣言がありました。

東京で開花宣言があったら、SNSにはもう一切何も書き込まないし、お互いに絶対にメールもしないって決めました」

「切ないですね」

「もうそろそろだね。その前に一度だけ会おうかと彼がSNSに書いた次の日、あっけなく東京で開花宣言がありました。それからは約束通り一度も会ってないし、連絡もしていません。

後悔はしていません。素敵な一年間でした。

今は私はいいお母さん、いい妻に戻ったし、彼もいいお父さん、いい夫に戻ったはずです」

「東京の街でいつかすれ違う可能性ってありますか？」

「うーん、ないんじゃないかなあ。行動範囲がちょっと違うんです」

「そうですか。いい思い出になりましたか？」

「はい。私がお婆ちゃんになって死ぬ前に、もう二度と会えないあの人との恋を思い出すはずです」

彼女はそう言うと、リースリングのグラスをくるりと回して、少し香りをとり口にふくんだ。

外には雪が積もり始め、クロディーヌが「失うものは何もない」と歌っていた。

二月のある日、風は冷たく、空には雲が立ち込め、今にも雨が降りそうな夜だった。

私は、二月の寒さにも負けないような強い意志を持ったカナダ出身のシンガーソングライター、ジョニ・ミッチェルの『青春の光と影』が聴きたくなり、棚からレコードを取り出し、ターンテーブルの上にのせた。

「涙と不安、そして誇りを持って、私はあなたを愛していると叫ぶ」とまだ若いジョニ・ミッチェルが歌う切ない曲だ。

すると、髪を金色に染めて、黒縁のメガネをかけ、マッキントッシュのコートを着た女性が扉を開けて入ってきた。年齢は三十代半ばくらいだろうか。コートを脱ぐと体の線が細く華奢な印象だ。

彼女は「ここいいですか？」と、カウンターの席に座ると、スピーカーの方に耳をすましてこう言った。

「これ、ジョニ・ミッチェルですね」

「音楽お詳しいんですね」

「ええまあ」

「お飲み物はどういたしましょうか？」

「ジャックダニエルをソーダ割りでお願いします」

バーでは飲む物でその人の生活環境やこれまでの人生がわかることがよくあるが、ジャックダニエルを好んで飲む女性はめったにいない。

「どうしてこんな女がこんな酒を飲んでいるんだろうって思いますよね。これ、私が大好きな人が好きなお酒なんです。私も真似して飲んでいたら癖になって。アメリカ産のウイスキーのことをバーボン・ウイスキーって呼ぶんですよね。でもジャックダニエルはバーボン・ウイスキーじゃないって聞いたことがあるんです。それってどういうことなんですか？」

ソーダ割りを彼女の前に出すとそう質問された。

「アメリカでは最初、ウイスキーはライ麦や大麦を原料に東部で作られていたそうなんです。

一七八三年、独立戦争の勝利後の政府の課税を逃れるために蒸留業者がケンタッキーやテネシーといった南部へと移りました。

その地域では気候風土がトウモロコシの栽培に適していることがわかりトウモロコシを原料としたウイスキーが作られ始め、バーボン・ウイスキーの味わいを決定づける、内側を焦がした樽で貯蔵するという手法が生み出されます。この手法で作られたケンタッキー州のバーボン郡のウイスキーがバーボン・ウイスキーです。

テネシー州では、その原酒をテネシー州産のカエデの木炭で濾過してから樽熟成させます。一般的なバーボン・ウイスキーよりもマイルドというわけです。お客様がお好みのジャックダニエルもワイルドなイメージがありますが、本当は他のバーボン・ウイスキーよりもマイルドでリッチな味わいがあります」

「そうなんですね。私、ずっと飲んできたのに、ジャックダニエルしか飲まないから、そんなことも知りませんでした。まるで、私の恋のようです」

そう言って、彼女は話を始めた。

「私、学生の頃からバンドでボーカルをやってたんです。付き合ってる彼がギターで曲を作って、私が歌詞を作って、二人で居酒屋でバイトしながら活動してました。ドラムやベースのメンバーもずっと学生の頃から同じでした。

インディーズからですけどＣＤも二枚出して、評論家からも評判は良かったんです。一度、週刊誌からロングインタビューを受けたこともあります。

ただボーカルの私が綺麗じゃないし、他のドラムとベースのメンバーもパッとしないし、どうもメジャーに行けるような雰囲気じゃなかったんです。

ルックスに関してはバンドを作った時から『良くない』ってわかっていて、私は綺麗じゃないけど、そこは『等身大の女の子の気持ちを歌っている』っていう感じでいきたかったんです。そういうバンドも良いんじゃないかって思ってたんです。

私が三十二で彼が三十の時にメジャーから話がありました。条件はボーカルとベースとドラムを替えることでした。要するに彼の作曲と演奏能力だけが買われたんです。

メンバーみんなで話しあいました。そのバンドは彼の才能に支えられてるってみんなわかってたし、居酒屋で『よーし、タケシ、俺たちの分も頑張れ！　ずっと応援するよ』って言って、乾杯してバンドは解散しました。

メジャーに移ってからのタケシのバンドは有名なプロデューサーがついて、アレンジもしっかりとねられて、ベースとドラムもカッコ良くてすごくうまい人たちが入ってきました。ああ、お金や経験がある大人たちがバンドを作るとこうなるんだって感心しました。

ボーカルは女の子です。彼女がアイドルみたいに可愛くて、オーラもあって華やかで、すごく歌もうまかったんです。

バンドはあっと言う間に有名になりました。ドラマの主題歌やＣＭなんかにドンドン使われました。

コンビニで買い物をしていると、普通にそのバンドの曲が流れてくるじゃないですか。

その曲の詞は、私が昔、タケシと出会った時のことを書いたものなんです。

それを可愛くて歌のうまい女の子が歌っていて、すごく不思議な気分になりました。

タケシは、インディーズ時代からずっと住んでた下北沢のアパートから西麻布のマンションに引っ越しました。その引っ越しの時に『結婚しよう』って言いたかったのですが、もうそんなことを言える雰囲気じゃなくなってしまって。彼は毎日取材やパーティで忙しくて、生活が全然変わってしまったんです。

次のアルバムからはその新しいボーカルの女性が歌詞を作ることになりました。

できた曲を聴いたら、確実にギターのタケシにあてた恋の歌詞なんです。

私は彼に『これ、タケシに向かって歌ってるんだね。あの子、タケシのことすごく好きなんだね』って言ってみたんです。

そしたらタケシ、『そんなことないよ。紀子、考えすぎだよ』って言うんです。でももちろんこういう女の勘って間違いないんです。

この新しいアルバムでタケシとボーカルの彼女はたくさん取材を受けて雑誌やラジオに出演してたんですけど、一度ラジオでパーソナリティが『ヒトミちゃん、今度のアルバムの歌詞はギターのタケシへの思いを綴ったものなんじゃないの？』って質問したんです。

その子、『バレちゃいましたか。でも私、片思いでも良いんです』って答えてて、その後はネットで大騒ぎになっちゃいました。

タケシにインディーズ時代があって、私と一緒にバンドをやっていたのはファンの間では有名ですから、『ギターのタケシが付き合っている女』と書かれた私の顔の写真がいくつもネットにアップされました。そしてその写真はどういうわけか、私の意地悪そうな表情ばかりが選ばれていました。

写真へのコメントのほとんどは『このオバサンがヒトミちゃんの恋を邪魔している！』みたいな批判ばかりでした。私がタケシの金を遣ってブランド品ばかり買ってるなんて書き込みもたくさんありました。私、完全に悪者で、みんながそのヒトミって子の応援をするっていう図式になってたんです。

それを見て私、ああ、タケシ、完全に彼女の策略にハメられたんだなあって気がつきました。

ネットでは相変わらず『ヒトミ頑張れ！』っていう女の子のファンの書き込みが多くて、ヒトミは『片思いの女の子の気持ちを代弁する歌手』という存在になりました。

ニューアルバムの全国ツアーの間はずっと心配でした。旅行先でボーカルの女性とギターの男性が二人で行動していると情も移ってきますよね。

ツアーが終わって、何でもない顔をしてタケシは東京に帰ってきたのですが、タケシのいろんな行動が変わってしまったんです。それまではたまに会ってデートなんかもしてたのですが、『新しいプロジェクトの練習だから』って言って、私とはまったく会わなくなりました。もう終わりなんだなあって覚悟しました。

しばらくして、タケシに『今度、面白いバンドが出るイベントがあるから、一緒に見に行こうか』と誘われて、下北沢の小さいライブハウスに行きました。

下北沢にもしばらく行ってなくて、小さいライブハウスの空気自体も久しぶりで、真っ暗で空気が汚れていて『ああ、懐かしいなあ』なんて思いました。

最初はＤＪが入って会場がちょっと温まってきました。タケシが『ごめん、飲み物お願いしていいかな』と言うので、バーカウンターに並びました。そこに聞き覚えのある懐かしいサウンドが流れ始めました。ステージを見ると昔の私たちのバンドのベースとドラムが演奏しています。

バーカウンターでドリンクをうけとって、急いでタケシのところに戻ったのですが、いつの間にかタケシがいなくなっています。

ハッと気づいたらタケシがステージでギターを弾いていました。あの昔のバンドの頃の懐かしいギターのリフがライブハウスに鳴り響きました。

インディーズ時代のバンドの演奏が始まったんです。

私、なんにも言えなくて立ちつくしていたら、タケシが『ボーカル、早くステージに上がれよ』って言いました。ドラムとベースの二人も『紀子、遅いぞ。何してるんだ』って笑っています。

気がつくと客席の人たちもほとんどインディーズ時代のお客さんで、後ろを振り返って私を見て、『紀子さん、早く』って言ってくれています。

私は、恐る恐る、ステージに上がりました。

『あの、私でいいの？』マイクを持って小さい声でつぶやくと、客席からは『紀子さん、頑張れ！』って歓声が上がりました。

一曲目はインディーズ時代にファンの間で一番人気があった曲でした。もちろん私が歌詞を書いたので、歌いきりました。

曲が終わって、タケシがマイクに向かってこう言いました。

『俺、今までのバンドやめてきました。またみんなとインディーズでやるわ。ボーカル、紀子の方がやっぱりいいんだよね。みんな応援してください。今日はありがとう。紀子、お願いがあります。俺と結婚してください』

私は、震える声で『はい。結婚しましょう』って答えました。

タケシが『やった、紀子に結婚のＯＫをもらったぞ！』って叫ぶと、その声にあわせて次の曲が始まりました。

私とタケシが学生時代、最初に作った曲でした。その時まだ二人はキスもしていなかったのを思い出しました」

紀子さんはそう言うと、ジャックダニエルに口をつけた。スピーカーからはジョニ・ミッチェルの「涙と不安、そして誇りを持って、私はあなたを愛していると叫ぶ」という歌が聞こえてきた。

渋谷のスクランブル交差点は一度の青信号で多い時には三千人が行き交うらしい。

三月、春の訪れを知らせる温かい雨が降る日のこと。私はスクランブル交差点を行き交う人たちの青、赤、黄、白、紺、緑とたくさんの色の傘の花が咲き乱れるのを眺めていた。

この傘を持った人たちそれぞれに人生があり、このスクランブル交差点を渡っているんだと思うと、少し切なくなる。

こんな温かい雨が降る夜にはボサノヴァが聴きたくなる。

『イパネマの娘』というボサノヴァの有名な曲がある。

イパネマの海岸へと向かって歩いている美しい女性がいる。歌の主人公の「僕」はただ見ているだけで、彼女には声をかけられない。どうして「僕」は彼女に声をかけられないのだろう。ただ臆病なだけということでもなさそうだ。この世界には「好きだ」と伝えられない恋もある。

スタン・ゲッツとジョアン・ジルベルトが共演したアルバムを取り出し、針を置くと、ジョアン・ジルベルトが声をかけられない切ない恋の曲を歌い始めた。

バーの扉が開き、以前はよく来店されていた女性が傘を閉じながら入ってきた。

年齢は今はたしか四十三歳。長い髪の毛を後ろでまとめて、濃い紺色のセーターを着ている。四十をこえているのに相変わらず若々しく見えるのは背筋の伸びた姿勢とちょっとはにかんだ笑顔のせいだろう。成熟した大人の女性特有の少しかすれた声で「お久しぶりです。ちょっと近くに寄ったもので」と言った。

お仕事はイタリアの食材やワインを輸入している小さい商社の営業で、私のバーにも仕事がきっかけでよく来店していただいていた。

彼女のご主人がその会社を経営している。他にイタリアの美術や音楽を紹介する仕事もされていて、業界ではちょっとした有名人だ。

ご主人とは大学生の時からの付き合いで、卒業後すぐに結婚したと聞いている。いわゆるおしどり夫婦で、パーティやイベントにも必ずお二人で出席している。

彼女は席につくと「ふう、やっと落ち着けた」と言い、小さなため息をついた。

「お飲み物はどうなさいますか？」

「マスター、お寿司屋さんに行ったら、コハダを頼むとそのお店の味がわかるっていうじゃないですか。バーだとそれはやっぱりマティーニでしょうか？」

「そうですね。マティーニはお店によってスタイルが違いますが、そういう意味でしたらジントニックの方がお店によって、あるいはバーテンダーのちょっとしたこだわりによって、ずいぶん違ってきますよ」

「マスターがバーにお客さんとして行ったら、何を注文しますか？」

「私ですか。私がそのお店やバーテンダーのことを知りたい場合はジャック・ローズを注文しますね」

「ジャック・ローズ？」

「はい。世界六大カクテルのうちのひとつなのですが、あまり有名ではありません。カルバドスというリンゴのブランデーと、ライム・ジュースとグレナディン・シロップをシェイクしたカクテルです」

「お店によって味が違うんですか？」

「違うと言いますか、こだわろうと思えばどこまでもこだわれるんです。グレナディン・シロップはザクロのシロップなのですが、自家製で生のザクロから作るバーテンダーもいますし、カルバドスもこのカクテルのためにあらかじめ冷やしておくバーテンダーもいます。お店によっては一年に一杯も出ないカクテルなのですが、その時に特別においしいジャック・

ローズを出すために準備をしておくわけです」

「なるほど。じゃあそのジャック・ローズをお願いします」

私は、シェイカーに冷やしたビュネルとライム・ジュースを注ぎ、本来のレシピより少し少なめのモナンのグレナディン・シロップを足し、強めにシェイクして、口径の広いカクテルグラスに注いで、彼女の前に出した。

「うわあ、可愛い色ですね。おいしい！」と彼女は言うと、こんな風に話し始めた。

「マスター、今日は主人がいないんで、恋の話をしていいですか？」

「え、恋なんてするんですか」

「私、三年くらい前にひどく恋に落ちたことがあるんです」

「相手はどんな方なんですか？」

「若いんです。当時でまだ二十四歳だったんじゃないかな。大学を出て、バイトしてたビストロでそのまま働くことになって二年って言ってたから」

「飲食の方なんですね」

「ええ。大学では法律を勉強してたのに、料理の世界が面白くて、そっちの道で食べていこうって決めたらしいんです。その彼、料理の才能がすごくあるんです。働いているお店はどっちかというと内装とかワインのコンセプトとかの方が有名なんですけど、彼の料理が独創的ですごく面白いんです。ワインや食材のことで何度か会って、ヨーロッパのいろんな料理の話をしたり、小さいパーティのケイタリングをお願いしているうちに、ひどく好きになってしまったんです」

「気持ちは伝えたんですか？」

「まさか。絶対に伝えないです」

「そうなんですか。恋って『初恋の人と似てます』とか『味の趣味がすごく似てますね』とか、思わせぶりに気持ちを伝える瞬間が一番ドキドキして楽しいと思うのですが」

「いえ。もしそんなことを少しでも匂わせてしまったら何かが一気に始まってしまいそうで、すごく怖いから、絶対にそんな素振りは見せないって決めたんです」

「苦しくないですか？」

「もちろんすごく苦しいです。彼からメールが来たらすごく嬉しくなって急いで返信しようと思うんですけど、そこをぐっと我慢して、一日おいて次の日に用件だけの短いメールを返したりするんです。会わなきゃいけない用事があって、彼と二人っきりでカフェで打ち合わせしたりする時、その場で『あなたには料理の才能がすごくあるから、あんなお店でずっと働いてたら才能がすり減っちゃうと思うの。私が貯金下ろすから二人でフランスに行きましょう。あなたはレストランで修業して。私はワインの勉強するから。それで二人で戻ってきて日本のどこかで小さいレストラン始めない？』って言ったら、彼どうリアクションするだろうって想像すると、もう息が苦しくなっちゃうんです」

「彼の方も気がついてるんじゃないですか？」

「いや、絶対にそんなことはないです。私ももう子供じゃないんで、そういう感情は見せないって決めたらそのくらいは可能です」

「その恋はどうなったんですか？」

「マスター、やっぱり恋ってひどい重症の風邪と同じなんです。風邪をひいている間、恋に落ちている間はずっと苦しいんです。彼のメールを見るだけで、彼と話すだけで苦しくて苦しくて、もう『好き』って言ってしまおうかなって何度も思うんです。でも、やっぱり風邪と同じでずっと耐えているとやがては治っていってしまうものなんですよね」

「その後はどうされたんですか？」

「恋に落ちた以前と同じように、忙しい毎日に戻りましたよ」

「それでいいんですか？」

「はい。マスター、そういう恋の終わり方もあるんです。すべての恋がお互いに気持ちを伝える必要なんてないと思うんです。心の中に鍵をかけて一生懸命しまっておいて、伝えないまま少しずつ消えていく恋もあると思うんです」

「そんなものなのでしょうか」

「まあ正直、まだ病み上がり状態と言いますか、時々彼のSNSなんかを開いたりして、まだちょっとだけ好きだなあなんて思ったりもしますけどね。でももう大丈夫です」

彼女はそう言うと、ジャック・ローズを飲み干した。後ろではいつまでも「好きだ」と伝えられない「僕」がイパネマの娘を眺め続ける歌を歌っていた。

四月になると渋谷は新しい人たちを迎え始める。新しい学生、新しい社会人が街を歩き、渋谷をまた新しい街に変える。

バーテンダーとしては、こんな時期にこそ、ゆっくりとくつろいだ時間や空間を作ってお客様を待ちたくなる。艶やかな大人のための時間を作ってくれる歌手を考えてみたら、ジュリー・ロンドンを思いついた。

彼女が歌う『エヴリタイム・ウィ・セイ・グッドバイ』という曲がある。「さよならを言うたびに少しだけつらい。どうしてもっと一緒にいさせてくれないのだろう」と歌う曲だ。

私はこの歌を聴くたびに、この歌の主人公は恋する相手とどんな関係なのだろうと考えてしまう。

好きだという気持ちは伝えているのだろうか、愛しあっている仲なのだろうか、考えれば考えるほど謎が深まる歌詞だ。

わかっていることがひとつだけある。この歌の主人公は本当にその相手のことが好きなのだろうということだ。

レコードをターンテーブルの上に置き、針をのせる。

そこに灰色のジャケットに紺色のパンツのソフトな印象の男性が入ってきた。年齢は三十代前半くらいだろうか、背は少し低めで丸顔、神経質そうに見えるが私と目があうと明るい笑顔を見せた。

私が「お好きな席にどうぞ」と伝えると、しばらく迷って奥から二つ目の席に座り、「ペルノーをロックでください」と注文した。

昔アブサンというリキュールが十九世紀末のフランスの芸術家たちの間で愛飲された。詩人のヴェルレーヌや画家のロートレックやゴッホも愛したそうだ。しかし、ニガヨモギに由来する含有成分が幻覚を引き起こすとされ、フランスでは一九一五年に製造禁止となった。

そのアブサンの代替品として生まれたのがペルノーをはじめとするパスティスだ。そういう経緯からなのか、絵を描く人やフランスにしばらく滞在していた人はこのペルノーを好んで飲む。

「このバーは氷が三つなんですね」と男性が言った。

私はオン・ザ・ロックの氷が一個だけなのが好きではない。バーテンダーズ・ルールの類の本を開くと必ず「氷は一個の方が溶けにくい」という理由からオン・ザ・ロックには氷は一個だけと推奨されているが、私はオン・ザ・ロックには氷を三個入れることにしている。グラスを傾けた時に氷と氷がぶつかりあう音がバーに響くのを聞くのが好きだからだ。

「バーって面白いものですね。僕がペルノーをロックでと注文したら、ミントを添えてくれるお店もあれば、ライムのカットを搾り入れてくれるお店もあります。ペルノーが真っ白になるまでステアするお店もあれば、ほとんど透明のままのペルノーを出すお店もあります。お客としては同じ注文をしたはずなのに、出てくるものが少しずつ違ってそれが本当に楽しいですね」

「そういう意味ではバーの飲み物はよくクラシック音楽にたとえられます。バッハのゴルトベルクも、楽譜は同じでも、演奏家によってまるで違った曲に聞こえます。それと同じでバーテンダーが扱う氷やグラスによっても酒は大きく変わります」

「ああ、絵にも似ていますね。絵描きが見ている対象は同じなのにまったく違う絵が生まれます。いえ。絵だけじゃないですね。詩もそうだし、料理もそうですね。同じものを見ていても、生まれてくるものは人によってまったく違いますね。人生もそうなのかもしれないですね」

「そうですね。たぶんそうなのでしょう。ところでお客様は絵を描かれるんですか？」

「はい」

「どういう絵を描かれるんですか？」

「思い出の中の女性だけを描いているんです」

「思い出の中の女性だけって、どういうことですか？」

「まあバカな男の話ですが。聞いていただけますか。

僕、女子校で美術の教師をやってるんですね。絵が売れてそれで生活できればいいのですが、まずそんなことは不可能な、僕のような人間は美術教師をしているってわけです。

普通は女子校で教師をしていると、早く結婚しろって言われるんですけど、僕はまだ美大を出てすぐで、学生時代の彼女とはすごい失恋をしたところで、しばらく恋愛なんてする気がなかったんです。

そんな僕が美術部の女子生徒に恋をしてしまったんです。

最初に美術部の部室で会った時、『あ!!』って思いました。

ご存じのように、女子生徒との恋は絶対にご法度なんです。女子校の教師になる時に、校長や周りの教師たちからも何度も何度も言われました。

人生を棒に振ってしまった男性教師の話も何度か聞かされました。

本当にそれはわかっていたのですが、彼女を一目見た時に『あ!!』って思ってしまったんです。彼女がいるあたりが輝いていたんです。

それからは絶対にそんな気持ちは見せないようにしました。

できるだけ彼女とは会話をしないようにしよう、出来るだけ目もあわせないようにしようっていろんなことを決めたのですが、やっぱり近くにいるとドキドキします。

僕はその時、二十三歳で、彼女は高校三年生で十七歳だったので、普通の社会なら恋愛をしても普通の年齢差ですよね。でも、ちょっとでもそんな気持ちを見せたら、僕はその場で解雇です。

美術の教師でもやっていきながら、展覧会に出品し、いつか賞をとって、という小さな希望も、そこで壊れてしまいます。

『あいつは女子生徒に手を出した卑劣なロリコン野郎だ』って一生言われ続けてしまいます。

僕は一年が過ぎ去るのをじっと待ちました。校内で彼女を見かけるともう口の中がカラカラになってしまうくらいの気持ちでしたが、ジッと我慢しました。

夏休みは自由に部室に来て、絵を描いても良かったので、彼女はよく登校して、部室でずっと絵を描いていました」

「彼女はうまかったんですか？」

「はい。すごく才能がありました。

ああ、彼女ともう少し絵の話がしたい。今、こういう美術展をやっているから行ってみたらいいと思うよ、なんて言いたくなるのですが、ぐっと我慢しました。どこかを越えるともう自分の気持ちが抑えられなくなると思ったからです。

夏休みの彼女の私服はとても新鮮でした。ああ、たぶんこれから一生、こんなに好きな女性はもう現れないだろうなあと確信しました。

でもそんな表情もまったく見せませんでしたし、彼女に質問をされるまでは絶対にこちらからは話しかけませんでした」

「苦しいですね。彼女の進学の相談なんかにはのらなかったんですか？」

「彼女は父親が単身赴任でフランスにいて、高校を卒業したら、母親と一緒にフランスに行くことが決まっていました。

だからフランスの美術の学校に行きたいと言うので、僕は美大時代の教授や友達に連絡して、フランスの美術の大学の情報を彼女のために集めました。

彼女は両親と話しあいフランスの大学に進学することになりました」

「そうなんですか。彼女とは本当にプライベートなことは話さなかったんですか？」

「はい。それだけは決めていましたから。フランスへの進学の手続きを進めている時に、ちょうど二月十四日が来て、彼女からチョコレートをもらいました」

「どんなチョコだったんですか？」

「手作りでしたが、手紙がついてて、『先生、お世話になりました』って書いてありました」

「ああ、義理チョコっぽいですね」

「そうですね。もしかして何か書いてあるかなってすごく期待したのですが、僕の空回りでした。

卒業式の時も普通でした。もちろんこれで一生の別れになると思うとつらかったのですが、大事にならなかったので、ホッとした方が大きかったです」

「そんなものなんですね。その後は彼女と連絡はとったんですか？　だってもう教師と生徒じゃないですよね」

「実は少しだけそれについて考えてしまいました。国内にいたらこちらから何か理由をつけて会うこともできたのですが、フランスに行ってしまったので、そんなことも無理でした。

ある日、彼女の名前を検索したら彼女がブログを始めているのに気がつきました。

フランスでの学校のこと、美術展に行ったこと、友達のこと、最近描いた絵もアップしてありました。

一週間に最低一回は記事をあげていて、僕は彼女のブログの更新が唯一の楽しみになりました。

残念なことに彼女は自分の写真は一枚もアップしませんでした。ですから彼女のイメージはいつまでたっても高校生の時のままでした。

ある日、彼女に恋人が出来ました。彼女の日本の友達にも知らせたかったのでしょう。フランス人でブルゴーニュ出身のカッコいい男性でした。彼も美術を専攻していて、一緒に絵を描いていました。

僕はやっと目が覚めました。僕も自分の絵を描こうと思いました。彼女の真似をして僕もブログを書き始めました。

今までよりも積極的にたくさんの美術展にも行って、その感想をブログに書いて、自分の新しい絵もブログにアップするようになりました。

はい。全部、彼女の影響でした。

彼女の絵もどんどん上達して、フランスのコンクールに入賞することもありました。

ある日、彼女が結婚しました。

僕も恋愛しなきゃ、誰かを好きになって結婚しなきゃって思ったのですが、でも無理でした。

僕はずっと絵を描き続けました。

ある時、思い出の中の彼女を描いてみました。

驚いたことにその彼女を描いた作品が入選したんです。僕は決めました。思い出の中の彼女の絵だけを描こうと。

彼女の絵がたくさん描けたので、青山でこぢんまりとした展覧会を開きました。僕のキャリアが始まった。これで良いんだ。ずっと彼女の絵だけを描き続けていこう、それで良いんだと思いました。

自分の小さな展覧会でお客様と話し終えた時、後ろから女性の声が聞こえました。

『先生、入選おめでとうございます』

振り返ると彼女でした。ずっと思い出の中だけだった彼女が目の前にいました。

『お久しぶりです。覚えていないかもしれないのですが、高校の時に美術部だった石井です』

僕は思わずこう言ってしまいました。

『ああ、石井さん。あ、でも今は石井さんじゃないんですよね。結婚おめでとうございます』

『先生、どうして知ってるんですか？　あ、誰か友達が教えたんですか？』

『いや。実は石井さんのブログをずっと見ていて』

『え、そうなんですか？　私も実は先生のブログをずっと見ていて。どうしても会いたいと思って、今日、展覧会に来ました』

「そんなことがあるんですね」

「はい。それで展覧会が終わったらお茶でもと話して、その後、彼女が泊まっているホテルのラウンジでコーヒーを飲みました。

僕はもう時効だと思って、石井さんのことを好きだったと伝えました。ブログをずっと見ていたこと、思い出の中の石井さんをイメージして絵を描いたこと。ストーカーみたいでごめんなさい。でもどうしてもこの気持ちを伝えたかったってことも言いました。

彼女も実は高校時代、僕のことをすごく好きだったと言ってくれました。でもすごく冷たいし、絶対にそんなことは無理なんだろうなあって思っていたそうなんです。

僕たちはみんなが見ているホテルのラウンジで、少し泣いてしまいました」

「それでどうしたんですか？」

「彼女は次の日、飛行機に乗ってフランスに帰りました。それからはたまにメールをやり取りするようになりました。彼女はブルゴーニュに引っ越して、子供が生まれて、相変わらずフランスで自分の絵を描いていました。彼女が嫁いだ先はワインを作っていまして、レザムルーズというワインがあるそうなのです。そのワインのエチケットは彼女が描いていて、日本でも飲めるそうです。

もういいや、僕はこのまま一生、彼女のことだけを思って生きるって決めました」

「それから？」

「たまに彼女からメールが来ると嬉しいです。今でも思い出の中の彼女を描き続けています」

「いつか、彼女が旦那さんと別れないかなとか、旦那さんが死なないかなとか、そんなことは思わないんですか？」

「もちろんちょっとは思いますけど、そしたら彼女、落ち込むだろうな、悲しむだろうなと思うとね。そんなことより彼女の笑顔が描けたら僕は幸せなんです。絵の中では彼女は僕のことだけを見ていますから」

「そうですか」

「はい。あ、マスター、僕、また彼女の絵で入選したんです。やっぱり彼女の絵を描くと僕の才能は開花するみたいなんです。ぜひ、何かおいしいワインで乾杯してください。そういう人のためのワインって何かありませんか？」

私は二〇〇三年のレザムルーズを取り出して、彼にそのエチケットを見せた。

すると彼はそのエチケットの絵を見て、「あ！」と言った。そのエチケットは美術室で女性が男性にプレゼントを渡している絵だった。

「マスター、この絵、僕と彼女ですね」

「そのようですね。チョコレートでこのワインを飲みましょうか」

私たちの後ろではジュリー・ロンドンが「さよならを言うたびに少しだけつらい」と歌っていた。

五月。渋谷の街に雨が降り始めた。私は最後のお客様に「ありがとうございました」と告げると、扉を閉め、入り口の明かりを消した。

ターンテーブルの電源を落とし、ラジオをつけると、この夏公開される映画の主題歌がかかった。

「君を待っている間の時間が一番楽しい。君が笑顔で現れる。君は『待った？』と言うけど、僕は緊張してしまってうまく話せない。君は気づいていない、この僕の気持ち。そして僕は知っている。いつかこんな風に会えなくなることも」

という片思いの切ない曲だ。

今夜は彼女の祝杯のために一九八九年のシャトー・ディケムを開けることにした。

シャトー・ディケムはボルドー、ソーテルヌ地区の貴腐ワインという甘口のワインだ。

私がバーテンダー修業をしたバーでは、修業を終え、独立して自分の店を開く時に、ボスがこの「シャトー・ディケム」をプレゼントするというのが恒例になっていた。

シャトー・ディケムは熟成してちょうど飲み頃になるのに二十年以上はかかると言われている。

独立した自分の店が順調に二十年、三十年と経《た》ち、何か特別なお祝いがあった時に開けるとちょうど飲み頃になっているワイン。その熟成した年月を楽しめるような良いバーテンダーになれ、というボスからのメッセージが込められている。

一九八九年、ボルドー・ワインの最良の年だ。

グラスを傾け、「恋には季節がある」とお客様から以前聞いた話を思い出していた。

まだ二十三歳の頃、神楽坂のバーでバーテンダー修業をしていた時のことだ。

そのバーにはちょうど売れ始めたばかりのある女優がよく来店していた。当時、彼女はまだ二十二歳だった。真っ黒な長い髪を後ろでまとめ、肌は白く、少しつり上がったアーモンド形の目をしていて、とても美しかった。

彼女は神楽坂の近くのマンションに住んでいて、女優の仕事が終わった後に立ち寄り、軽く一杯か二杯だけ飲んで、サッと支払いをすませ店を後にした。

神楽坂という大人ばかりの街で、年齢が近いから話があったのだろう、彼女は私にいつも撮影のことを面白おかしく話してくれ、私が普段、どんな場所で飲んだり遊んだりしているのかを詳しく聞きたがった。

彼女としては、撮影現場では弱い姿は見せられなかったのだろう。まだ修業中のバーテンダーである私に、仕事の悩みのようなことも話してくれた。

私は、彼女に完全に恋をしていた。当時のあの美しい彼女に、時たま笑いかけられ、自分の名前を呼ばれ、悩み事を打ち明けられた若い男が、彼女に恋をしないなんて無理な話だった。

彼女が、バーの閉店間際に来店したことがあった。私がカウンターから「申し訳ありません。今日はもう閉店なんです」と声をかけると、彼女が「そっか、一杯だけでも飲みたかったのに」と残念そうにつぶやいた。

するとボスが後ろから「おまえもう上がっていいぞ。もし彼女さえ良かったら、おまえがよく行ってる高田馬場のロックバーにでも一緒に行ってくればいいじゃないか」と、彼女に聞こえるような大きい声で私に告げた。

彼女は、パッと明るい顔になり「ロックバーですか？　行きましょう」と言った。

私はボスに「ありがとうございます」と頭を下げ、大慌てで更衣室で着替えた。

バーの外に出ると、真夜中なのにサングラスをかけた彼女が待っていた。そうだ、彼女は有名な女優だったんだ、夜中に男と二人でいるところを誰かに見られると困るんだ、と気がついた。

彼女は大通りの方に歩きながら、「高田馬場ですよね。タクシー拾いますね」と言った。

タクシーはすぐにつかまり、彼女は慣れた動作で車に乗り込んだ。私は遠慮がちに彼女の隣に座り、運転手に「高田馬場までお願いします」と伝えた。

隣を見るとすぐそばに彼女の顔があった。彼女はサングラスをはずし、「普段着、お洒落なんですね」と言った。近くで見る彼女はさらに美しく、私は緊張して何も答えられなかった。

何か自然な会話をしなければ、と考えれば考えるほど言葉が出てこなかった。

すると彼女が「そのロックバー、どんなお店なんですか？」と言った。

「学生がたまっている騒がしいお店です。古いロックがかかってて、朝までやってるから友達とよく行くんです」

「私、そういう学生がたまるロックバーって行ったことないから楽しみです」

タクシーを降りて、そのロックバーに入ると、煙草の煙で白くかすみ、若者たちの大きい笑い声とギターの音が聞こえてきた。

マスターが私に気づいてくれて、「あれ？　今日は女の子となの？　珍しいね。カウンターあいてるよ」と言った。

彼女がサングラスを外し、マスターに「こんばんは」と頭を下げると、マスターは、「あ！」という表情を見せたがそれ以上は何も言わなかった。

マスターが、私がキープしているハーパーのボトルと氷が入ったグラスを二つとソーダの瓶を持ってきた。

私が「マスター、キャラメル味のポップコーンもください」と言うと、彼女が興味津々といった表情を見せた。

「ここのキャラメル味のポップコーン、最高なんです。あ、でも夜中にポップコーンなんて食べても大丈夫ですか？」

「おいしいものは、私、我慢しないんです」

私は二杯目あたりからやっと緊張がほぐれてきた。

「こんな風にバーのお客さんと飲みに行くことってあるんですか？」

「いえ。うちのバーはお客さんとプライベートで会うのは禁止なんです」

「そうなんですか？　でもさっきはマスターが『一緒に飲みに行ってくれば』って言ってましたよね」

「ええ。僕もびっくりしました。たぶんボスなりに気を遣ってくれたんだと思います」

「気を遣う？」

「いえ。なんでもないです」

「そうですか。なんでもないんですか。残念」

それから彼女は少し酔っぱらってきて、こんなことを話し始めた。

「私、今は女優をやっているけど、いつか自分で映画を撮ってみたいんです。今は若い女の子の役、いずれは母の役、いつかはお婆さんの役と、誰かの演出で演じるだけではなく、自分の世界を作ってみたいんです」

「夢を持ってすごくいいことだと思います。自分の世界、作ってみたいですよね」

「何か夢はありますか？」

「僕の夢は自分のバーを持つことと、いつか小説を書くことです」

「小説ですか。じゃあその小説、私が映画にします」

「その時はよろしくお願いします」

私たちは笑った。

そして彼女はこう言った。

「パンダって見たことありますか？」

「上野動物園ですよね。僕はないんです」

「そうですか。私も見たことなくて一度見たいんだけど一緒に行ってくれる人がいなくて。今度の日曜日もしお暇でしたら、上野動物園に一緒に行ってもらえませんか？」

私はもちろん承諾し、今度の日曜日に上野の駅の改札で昼の二時に待ち合わせをすることに決めた。


日曜日、二時ちょうどに現れた彼女は帽子をかぶってメガネをかけていたのだが、周りからひとつ飛び抜けた美しさにあふれていた。

彼女が僕に気がつき、手を振って「待ちましたか？」と言った。

私はもう心が破裂しそうな気持ちだったのだけど、なんでもないフリをして、「いえ。あの、じゃあ行きますか」と言って、動物園に向かった。

日曜日のパンダ舎には行列ができていて、私たちも並んでじっと順番が来るのを待った。

いよいよ順番が回ってくると、すごい人混みで、彼女が私の手をギュッと握った。

係員が「はい。止まらないで進んでください」という言葉を連呼していたので、私たちはほんの二、三分しかパンダを見られなかった。

彼女はパンダを見ることができてとても嬉しかったようで、「可愛かったね。可愛かった」と言い、ため息をついた。気がつくと握っていた手は離されていた。

一通り動物を見た後は外に出て、缶コーヒーを買って、不忍池《しのばずのいけ》のあたりを散歩した。ちょうど蓮の花の季節だった。風に揺れる蓮の花はとても幻想的で東京の中心地にこんな風景が存在しているのだと、不思議な気持ちになった。彼女はその風に揺れる蓮の花を見て「なんか夢みたいな景色ですね」と言い「でもこの下、みんなレンコンなんですね」と付け足して笑った。

彼女が蓮の花を見ながらこう言った。

「私、結婚を前提にお付き合いしてくれと、言ってくれる方がいるんです。どう思いますか？」と、ある作家の名前を挙げた。

「その人、すごく有名な方じゃないですか。すごくお似合いだと思いますよ」

私は、その後は先輩がやっているバーに誘おうとずっと計画していたのだが、あきらめて上野の駅の方に向かった。

それから、彼女はぱったりと神楽坂のバーには来なくなり、三年後、彼女がその作家と結婚したことをスポーツ新聞の一面で知った。私の恋は春のまま終わってしまった。

確かに恋愛には季節がある。春があり夏が来て、やがて秋になり冬となる。しかし、多くの恋は春のままで消えてしまう。気持ちを伝えられないまま、春のままで消えてしまう。

朝、テレビを見ているといい雰囲気に年をとった彼女がメガホンを持って画面にうつっていた。テロップでは、彼女が監督として初めて撮った映画がこの夏公開されることを報じている。

不忍池の蓮の前で元気そうに笑い、メガホンで主役の若い女優に何かを指示していた。

一九八九年のシャトー・ディケムが開き始めた。長い間、このボトルの中に閉じ込められていたワインが三十年経ってやっと飲み頃になっていた。

恋は失われる。失われるからこそ、その恋は永遠に幸せの中に閉じ込められる。

後ろではラジオから彼女の映画の主題歌が流れていた。

「君を待っている間の時間が一番楽しい。君が笑顔で現れる。君は『待った?』と言うけど、僕は緊張してしまってうまく話せない。君は気づいていない、この僕の気持ち。そして僕は知っている。いつかこんな風に会えなくなることも」

私は最後の章を書き終え、原稿用紙を閉じてからしばらく考え、余白の部分に『恋はいつもなにげなく始まってなにげなく終わる。』とタイトルを書き込んだ。

この小説が出版されたら彼女は気がついてくれるだろうか。

「今日は私がおいしいディナーを作るから、お腹をすかして帰ってきてね」と、スマホを開くと娘からのメッセージがあった。

父親がいなくて不安定な時期もあったあの子が、夕食を作って待ってくれるようになるなんて、世の中捨てたもんじゃない。

私が忙しくて、小さい頃は家政婦さんに任せっきりだったから、母親の味なんてものは全然用意できなかったけど、子供って勝手に育つんだ。

「何かおいしそうなワインでも買って帰ろうか？」と返信すると、「大丈夫。ワインも買ってあるから」と戻ってきた。いつの間にかワインの選び方も覚えてたんだ。

私が二十三歳の頃なんて、ワインなんて選べなかったな。色んなお店には周りの大人の人たちによく連れて行かれたし、バーにも行ったりしていたけど、お酒の味なんてわかっていなかった。

「ただいま」と言いながら、扉を開けると、リビングの方からデューク・エリントンの『女王組曲』が聞こえてきた。

一九五八年に、デューク・エリントンは、イギリス、ヨークシャーで開かれた芸術祭に招かれた。臨席したエリザベス女王が、自分とばっかり長く対談してくれたことに感激して、エリントンはアメリカ帰国後に、「女王組曲」を作曲した。そして、自費で録音し、「たった一枚だけ」レコードをプレス、エリザベス女王にプレゼントしたそうだ。

エリントンは、生前にこの音源の一般向けのリリースを頑《かたく》なに拒否した。

たぶん、エリントンにとっては、エリザベス女王との「大切な思い出」だったのだろう。

ある意味、エリザベス女王だけに伝われば良い、「ラブレター」みたいなものだったと私は想像する。

有名人ならではの、そういうそっとしておきたい思い出ってあるものだ。

デューク・エリントンが五十九歳、エリザベスは三十二歳のときの話だ。

その音源が、エリントンが一九七四年に亡くなった二年後の一九七六年、あっさりとリリースされてしまった。実は素晴らしい音源だったことが、世界中に知れ渡ったというわけだ。

「死後に明かされたラブレター」みたいなものかもしれない。しかしエリントン本人も、そうなることは予想していたに違いないと私は想像する。そういうことも有名人には付き物だ。

一番幸せなのは、この『女王組曲』という素晴らしい楽曲群自身だろう。エリントンの思い、恋心のようなものが、こんな美しい音楽として表現されていたのを、後世の私たちが気軽に聞けることが、何よりも美しい。

私の夫がこのエピソードが好きで、生前、よくこのデューク・エリントンの『女王組曲』を聞いていた。

夫にとって、私はいつまでも「女王様」だから、この曲をいつまでも聞き続けると、多くの人たちの前で公言したし、エッセイでもよく書いていた。

私たちの娘の前でも、そうやって言うものだから、娘は「お母さんが女王様だったら私はお姫様？」とよく夫に言ったものだ。

娘は自分の父親が、いつまでもそんな風に自分の母親への愛情を表明するのが誇らしかったのだろう。夫が亡くなった後も、何かあるとこのデューク・エリントンの『女王組曲』をかけて、「お父さんにとって、お母さんはいつまでも女王様だったんだよね」と言った。

娘が今日、用意してくれていた料理は、アボカドとブッラータと桃のサラダに、鴨のコンフィだった。

「絵里子、鴨のコンフィなんて作れるんだ。すごいね。お母さんは作れない」

「うん。でも意外と簡単だった。このレザムルーズっていうブルゴーニュのワインを一度飲んでみたくて、ワインショップの店員さんに、『このワインにはどんな料理があいますか？』って聞いたら、『鴨のコンフィですかね』って即答したから、もう鴨のコンフィって決めちゃった」

「へええ。レザムルーズかあ。どうしてそのワイン？」

「最近、読んだ小説に出ててね。恋人たちって意味の名前のワインらしくて、その小説に何度も出てくるの。ネットで調べたら結構良い値段だったから、何かこれって時に飲もうかなって思って。飲んでみる？」

娘はそう言うと、そのレザムルーズというワインのコルクを器用に抜いて、私のグラスに注いだ。グラスに手をのばさなくても、あたりにバラとフランボワーズの香りが広がった。

「すごいね、香り」

「うん、すごい。飲もうか」

本当においしいモノを口にすると、私たちの言葉は止まってしまう。二人で、「おいしいね」「おいしい。こんな味だったんだ」とだけつぶやいて、料理に手をのばした。

「この高いワインを開けるってことは、今日は何か私に話があるの？」と私が聞くと、娘がこんな風に話し始めた。

「私ね、結婚したい人がいるって、お母さんに言ったじゃない。実は隠してたんだけど、その人結婚している人なんだ。いけないって思ってたんだけど、でもやっぱりすごく好きで。その男の人も私のことをすごく好きなのもわかったし。

それが今度離婚するって言ってくれたの。でもひとつだけ条件があって、その人の娘さんが十三歳なんだけど、一度だけ私と二人きりで会って食事したいんだって。向こうの奥さんはもう離婚は認めていて、その娘さんだけが私と一度会えたらそれで許してあげるって言ってるそうなの。

先週の日曜日にその女の子と会ってきてね。渋谷で待ち合わせだったから、『どういうお店が良い？』って聞いたら、『絵里子さんにあわせます』って言うの。じゃあヒカリエかなと思って、目についたイタリアンに入って、二人でサラダとピザを頼んだのね。

その子、白いワンピースに黒のエナメル靴をはいて、その子なりの一番可愛い服で来たんだなっていうのがすごくわかるの。私のことを上から下まで何度も見て、全然笑ってくれなくて、私が『学校楽しい？』って聞いてみたりするんだけど、『絵里子さんには関係ありません』って答えるし。

その子が突然、『パパのどういうところが好きなんですか？』って言うから、ちょっと考えて、

『優しいところかな』って言ったら、

『パパは誰にでも優しいんです。私にもママにも、うちの犬のなっちゃんにも、みんなに優しいんです。絵里子さんだけにじゃないんです』

『そうだよね。みんなに優しそうだよね』

『絵里子さんは、パパの優しいところだけしか知らないけど、本当はパパは全然ダメな人だって私は知っているんです』

『どういうところがダメなの？』

『酔っぱらったら大きい声で歌うし。映画とか観たらすぐに泣いちゃうし。ママに甘えたりするし。ママとは本当はすごく仲が良いんです』

『仲良いんだ』

『はい。すごく仲が良いんです。今はしてないけど、前はよくいってらっしゃいのキスもしてました。それとただいまのキスも』

『そっかあ』

『今日、私が来たのは、絵里子さんにパパのダメなところをもっと知ってもらって、パパのこと、嫌いになってもらおうと思ってたんです。あんなこと言おうかな、こんなこと言おうかなってずっと考えながら来たんだけど、なんかパパの悪口がうまく言えなくて。私、パパのことが大好きだから、パパの悪口が言えなくて』

『そうかあ。ごめんね』

『謝らなくて良いんです。私もパパが絵里子さんのことを好きになったのはしょうがないって思ってます。でも、もしかして私がうまくパパの悪いところを伝えられたら、絵里子さんが思いとどまってくれるかなってずっと考えてて』

『うん』

『絵里子さん、お願いだから、パパのこと嫌いになってください。お願いです』

そう言って突然頭を下げたんだけど、もうボロボロ涙を流してるの。私も泣いてしまって。

『ごめんね。私も本当は好きになっちゃダメだって最初からわかってたし、出来れば嫌いになりたいんだけどね』

『絵里子さん、ズルいです。だって、パパ、お人好しだし、バカだし、絵里子さんみたいな綺麗な人だったら、好きになるに決まってるし。好きになっちゃダメってわかってたって、そんなそんな、ズルいです』

二人とも黙り込んでしまって。私もそうだなあって思ったの。私、ズルいんだなあって。

お母さん、私、ズルいよね。

それでね、しばらく考えて、『わかりました。これから一生懸命、パパのこと嫌いになります。やっぱり私、ズルいです。もう終わりにします』って言っちゃったの。

そしたらその子、『ごめんなさい。ごめんなさい。ごめんなさい』ってずっと言うの。『私も誰かのことを好きな気持ちってわかってるんです。でもごめんなさい』って。

またしばらく二人で下向いて泣いている変な人たちになっちゃったんだけど、私も大人だし、涙を拭いて、『ピザ、冷えるから食べようか』って言って、二人で取り分けて全部食べ終わってね。

二人とも目が真っ赤なんだけど、ウエイターさんを呼んで『お会計お願いします』って言ったら、その子が『私も半分払います』って言って、お財布を出しているの。

『え、良いよ。十三歳の子に出させられないよ』

『ダメです。ママが絶対に割り勘であなたが半分払いなさいって言ったんです。敵の女に絶対に借りを作っちゃダメなんだって言ってました。だからお年玉持ってきました』

『敵の女かあ。そうだよね。じゃあ割り勘だ。二千五百三十円ずつね』

二人で店を出て、その子、たぶん言うこと決めてたんだと思う。

『私は言いたいことは全部言いました。後はパパと絵里子さんにお任せします。それじゃあ失礼します』って言って、地下の東横線の方に走っていったの。

ヒカリエを出たらまだ二時で、そうだ。お母さんって私の歳くらいの頃、どんな恋をしてたんだろう。二十三歳の頃のお母さんの映画でも見てみようかなって思いついて、渋谷のTSUTAYAに行って、色々と見てたら、『恋はいつもなにげなく始まってなにげなく終わる。』って本を見つけたから、面白そうって思って買ってみたというわけ」

「その本に、このレザムルーズが出ていたってわけね」

「そう。お母さん、お父さんと結婚する前に神楽坂で一人暮らししてたって言ってたよね」

「そうね」

「その頃、よく行ってたバーがあったでしょ」

「あったあった。なんかあの頃は友達がいなくてね。話を聞いてくれる人がいなくて」

「そのバーの若いバーテンダーのこと、好きじゃなかった？」

「なんでそんなこと知ってるのよ」

「パンダ、見に行ったでしょ」

「え？　どうして知ってるの？」

「やっぱりこれ、お母さんだったんだ」

「何よ。それ。どういうこと？」

「このレザムルーズ、飲み終わったら、この本、読んでみて」

後ろでは、デューク・エリントンが演奏する『女王組曲』が流れていた。

どこまでも孤独で自由な営み

木原克直

「男性って香水をもらったらうれしい？」

ある既婚女性から、贈り物の相談を受けたことがある。彼女とはずいぶん長い付き合いだ。

「人によるけど……誰かにあげるの？　夫に聞いてみればいいじゃない」

と何も考えずに言葉を返した僕に、彼女は
「夫に聞けないから、あなたに聞いてるんじゃない」

当たり前のことを聞くんじゃないよ、とでも言いたげだった。

解説

日本語訳：林伸次

JASRAC 出 2105540-101

なるほど。僕は理解し、少しだけ苦笑いする。まちがっても、

「僕が君を好きだったと知ってて相談してる？」

なんて言ってしまわないよう、注意を払いながら。

そして、

「そやなぁ、何をあげたら喜ぶかな……」

彼女の秘かな恋を、秘かに応援する。


今日も人知れず誰かが誰かを想っている。誰にも言えない恋。誰かにだけは言えない恋。

この物語に出てくる大人たちも、随分と「言えない恋」をしている。


教え子に恋をした、美術教師。

十五歳年下に恋をした、既婚女性。

デパートの売り場で恋に落ちた、孫もいる老齢の男性。

彼らは恋を実らせようとはせず、自分の中でゆっくり転がし、静かに終わらせていく。恋を終わらせることを決意した時に紡がれる言葉を、僕はたまらなく美しいと思う。

「私ももう子供じゃないんで、そういう感情は見せないって決めたらそのくらいは可能です」

——あきらめとプライドの間で、かすかに張りつめる言葉たち。恋を終わらせながらも平然と、つつがなく、規則正しく生きていく術を身につけることが「大人になる」ということなのかもしれない。

それなのに、どうして彼には話してしまうのだろう。

恋を抱えることはとても「孤独」な営みだ。そして、どんな危険な恋でも抱きつづける魂の「自由」が私たちにはある。その「孤独」と「自由」の甘美をもて余したとき、私たちはBARを訪れる。

親、妻、教師といった服を脱いだ何者でもない自分がワイングラスに映る。毎日見ているはずなのに、どこか見なれない自分の顔に驚き、戸惑い、なぜか嬉しくもなる。

目を上げると、カウンターの向こう側で、バーテンダーが最上の丁寧さをもってグラスを磨いている。けして告白を急かさない寡黙でストイックな牧師のように。

その佇まいに私たちは安心し、終わらせた恋をつい告白してしまうのだった。

恋の温度

日野笙

先日、友人の付き添いで占いに行った。

占いを信じない私は、半分冷やかしのような気持ちで、自分の恋愛について聞いてみた。

「今のままではダメ。もっと人と会ったり、恋愛映画を見たり、自分の中で【恋の温度】を上げなさい」

占い師はそんなようなことを言った。

そんなことは三日も経つと忘れていたが、私は今、恋の温度がだいぶ上がっている。私をそうさせたのは、占い師でも、新たな出会いでも、恋愛映画でもなく、この本だった。

ふと立ち寄った本屋で、なかなか見つけられず初めて検索機を使ったこと。カバーをかけられた時、綺麗な装丁が隠れてしまってもったいないような、それともひっそりと守りたいような、不思議な気持ちになったこと。しっとりとした紙に触れ、本ってやわらかいんだ、なんて思ったこと。

そんな一つ一つが、大切なことのように感じられて、読む前からこんなにじっくり「本」を味わったのは初めてだったかもしれない。

そっと扉を開いてからは、あっという間だった。

めくる指を走らせるたびに、私の中を様々な恋が駆け抜ける。そして、それをひもとくかのように作中の店内に流れるメロディ。

私の中で錆びついていた「恋」がガコガコと揺れ、軋んだ。

途中で本を閉じる時、ふと思い出して財布にずっと入っていた映画の半券を挟んだ。始まるかもしれなかった恋のかけらのようなそれは、この本の栞にふさわしいように思えた。

幾つもの恋が私の中に染み込んでいく。

同時に私の携帯には、傍らで流れる音楽として本作に登場する名曲たちが追加されていった。

私はそれらをプレイリストにまとめて【恋はいつも…】と名前をつけ、それぞれの恋に想いを馳せながら、耳からも彼らの物語を味わう。

私はこれからきっと、このプレイリストのアーティストを辿って、新たに気に入った曲をここに追加していくだろう。

その中のどれかが、私のまだ見ぬ恋の傍らで流れているかもしれない。

ほら、あなたも今、恋の温度が上がっているはずだ。

叶わぬ「現実」、美しい「幻想」

藤田七七

東京のバーで恋を語らせたら林さんの右に出る者はいない。

渋谷という刺激を求める男女が集う街で、バーという人間の本質が垣間見える場で、20年以上も男女のアレコレを見続けた林さんが綴った恋愛小説。

それはある秋の夕方、独りバーを訪れた女性のセリフから始まる。

「恋愛に季節があるってご存じですか？」

春に始まった恋は夏に盛り上がり、秋には静かにその色合いを薄め、冬に儚くも終わりを告げる。

マスターは彼女に、春の季節を彩るかのような「最高の出会い」という意味のカクテル、キールを差し出す。

傍ら店内には「私は夢にも思わなかった、秋がこんなに早く訪れるなんて」と恋の陰りを嘆くようにアニタ・オデイの『アーリー・オータム』が流れる。

かくして春の華やかさと秋の儚さが相反するようにバーカウンターに共鳴する。

季節ごとにバーを訪れる男女が、お酒と音楽に彩られながら恋の記憶を紡ぐ魅惑の物語。

中でも心摑まれるのは、1月にバーを訪れた男の片思いの話だ。

ドリンクはギネス、音楽は『ムーン・リヴァー』がマスターによりセレクトされる。男が恋焦がれる女性には彼氏がいる。

それを知りながらも男は「もう少しこのまま好きでいてもいいですか？」と気持ちを絶やさない。

マスターは「もしかして、夏子さんがいつかは加藤さんの方に振り向いてくれると期待していませんか？」

とそれは叶わぬ恋だと暗に諭しながらも、大女優オードリー・ヘップバーンに長年片思いをしたヘンリー・マンシーニの儚くも美しい恋の話をする。

「ごめんね、ヘンリー」「何を言ってるんだ、オードリー。君が幸せそうなのが僕には一番なんだ」

叶わぬ「現実」と向き合った者にだけ紡がれる美しい「幻想」は、バーカウンターでギネスを傾ける男の心を静かに温めた。

21人の男女のほろ苦くも甘美な恋の記憶は、いつか新たな恋に塗り替えられる時が来るのだろうか。

最後のマスターの物語を読み終えた僕は、本を閉じて自らの恋の記憶に触れた。

この小説が文庫化されたら彼女は僕の解説文に気がついてくれるだろうか。

——会社員

恋をする前も、後も

makicoo

1977年生まれの私が10代の頃にいちばん読んだ本は山田詠美さんの『放課後の音符《キイノート》』という短編小説集で、その小説に出てくるような恋がしたくて、そのためにはどうすればいいか、を考えながら過ごした10代だった。

林伸次さんによる本書『恋はいつもなにげなく始まってなにげなく終わる。』を読みながら、そんな10代の自分を思い出した。もし、あの頃にこの本も手元にあったなら。きっと『放課後の音符』と同じくらい何度も読んで、そしてずいぶんと人生が心強かったのに、と少し悔しく思った。

この本に収められているのは、20あまりの恋の話。作者の林伸次さんが実際に経営されている渋谷のバーBar Bossaで、そのお客さんの打ち明け話をこっそり教えてもらっているような、そんな形式で、色々な恋の話が連なっている。

成就した最高に幸せな恋の話だけではなく、人生の試練とも言うべき、実らなかった悲しい恋〜失恋や離別、死別〜の話もある。各ストーリーの登場人物とバーのマスター「私」がその甘さや痛みを分かち合いながら昇華していく恋の話は、私がかつて熱中して読んだ『放課後の音符』以上に恋愛の見本市だ。そしてどんなに残酷に終わった恋であっても、決して相手を悪く言ったり恨んだりせず、恋の終わりを供養するのがとてもよかった。

恋はたとえ実らなくても、十分に素敵だ。

それを教えてくれる本書があれば、ちょっと無理そうな相手に思いを伝えることを迷わないような、そんな20代・30代を過ごせるんじゃないかと思う。

40代になった私は、かつての恋を思い出しながら、ページをめくった。そして今回、一足先に文庫版オリジナル書き下ろし部分のストーリーを読み、もしかしたらあの恋の先にもこんな後日談があったのかも？　なんて思ったら、過去の恋がキラリとまた輝いた。
恋はたとえ実らなくても、十分に素敵だ。
そんな気持ちにさせてくれる本書は、過去の恋の素晴らしさも再発見させてくれる。

――会社員／ライター

たしかにあった恋に思いを馳せて

宮坂英子

「窓から漏れ出る灯り」が、ことのほか、好きだ。ハリウッド映画なんかでよく見るけれど、主人公が住んでいるマンション全体を、空からカメラがとらえ、そこからグーンと目線が下へと降りて行き、それぞれの住人が暮らす各階の様子をなぞる。

ある部屋では、老夫婦が静かに食事をしている。隣の部屋では、小さな子供が走り回り、母親に叱られている。そのまた隣の部屋では、薄暗い照明の下、恋人同士がソファで肩を寄せ合い、ワインを飲みながら映画を見ている――。

そして、主人公の部屋の中へと、すっと入っていく。

本書『恋はいつもなにげなく始まってなにげなく終わる。』のページをめくった時も、そんな映像が頭に広がった。宇宙に浮かんだ青い地球の中の日本列島、その中で、ひときわ光が集まる街・東京、渋谷。そしてカメラはフラフラと細い路地を進み、著者である林伸次さんのお店、Bar Bossaにたどり着く。ドアを開けると、ふわっとした暖かい灯りの中に木のカウンターがあって、その中で林さんがグラスを磨いている。

「マスター、ちょっと聞いてよ」

店内にかかっているBGMとワインに、それぞれの恋物語を重ね合わせる主人公たち。彼ら、彼女たちが、次々にこちらを振り返る——。

どの主人公も愛おしいけれど、文庫化にあたっての書き下ろしが、最高にいい。亡くなった夫に、生前「女王様」と呼ばれ大事にされてきた「私」。その娘がその晩、なぜ「レザムルーズ」を開けたのか。一冊の本との奇跡の出会い——。

カメラがまた動く。「私」と娘が暮らす部屋の灯りから、娘が好きなあの人と、あの人の娘が暮らす窓の灯りへ。それぞれの暮らし、それぞれの思い、恋。

冒頭、店を訪れた女性が言うように、恋には春夏秋冬という季節が必ず訪れる。冬が過ぎると、かつてはたしかにあったはずの恋が、いつの間にかどこかに消えている。それでも人は恋をする、そして懲りずに繰り返す。

２０２１年６月上旬現在、東京には緊急事態宣言が出ていて、東京中のバーの灯りは、消えている。

バーの灯りが消えた今。一人の部屋に灯りをつけて、ベッドの中で、この本のページを静かにめくろう。そしていつかまた、渋谷の街に灯りが戻った時、そっとバーの扉を開けて、新しい恋を、春から始めてみよう。

——会社員

＊以上は、投稿プラットフォーム「note」で募集した文庫解説から５編を選び、加筆・修正したものです。

この作品は二〇一八年七月小社より刊行されたものに
加筆・修正いたしました。

幻冬舎文庫

●最新刊
田沼スポーツ包丁部！
秋川滝美

無理強いに近い業務命令を受けた商品開発部の清村課長を手助けするため、営業部の新人・勝山大地が先輩社員の佐藤に従い、包丁片手に八面六臂の大活躍！　垂涎必至のアウトドアエンタメ‼

●最新刊
ゴーンショック
日産カルロス・ゴーン事件の真相
朝日新聞取材班

孤独、猜疑心、金への執着……カリスマ経営者はなぜ「強欲な独裁者」と化し、日産と日本の司法を食い物にしたのか？　前代未聞のスキャンダルの全貌を明らかにした迫力の調査報道。

●最新刊
フェミニズムに出会って長生きしたくなった。
アルテイシア

男尊女卑がはびこる日本では、女はとにかく生きづらい。でも一人一人が声を上げたら、少しずつ社会が変わってきた。「フェミニズムに出会って自分を解放できた」著者の爆笑フェミエッセイ。

●最新刊
いつかの岸辺に跳ねていく
加納朋子

俺の幼馴染・徹子は変わり者だ。突然見知らぬ人に抱きついたり、俺が交通事故で入院した時、なぜか枕元で泣いて謝ったり。徹子は何かを隠してる。俺は彼女の秘密を探ろうとするが……。

●最新刊
老いる自分をゆるしてあげる。
上大岡トメ

老化が怖いのは、その仕組みを知らないから。骨、筋肉、細胞で起きること、脳と感情と性格の変化、生殖機能がなくなっても生き続ける意味。自分のカラダが愛しくなるコミックエッセイ。

幻冬舎文庫

●好評既刊
キッド
相場英雄

元自衛隊員の城戸は上海の商社マン・王の護衛のために福岡空港へ。だが王が射殺され、殺人の濡れ衣を着せられる。警察は秘密裏に築いた監視網を駆使し城戸を追う——。傑作警察ミステリー！

●好評既刊
ラストラン　ランナー4
あさのあつこ

努力型の碧李と天才型の貢。再戦を誓った高校最後の大会に貢は出られなくなる。彼らの勝負を見届けたいマネジャーの久遠はある秘策に出る。陸上に魅せられた青春を描くシリーズ最終巻。

●好評既刊
作家の人たち
倉知　淳

押し売り作家、夢の印税生活、書評の世界、ラノベ編集者、文学賞選考会、生涯初版作家の最期。本格ミステリ作家が可笑しくて、やがて切ない出版稼業を描く連作小説。

●好評既刊
20歳《はたち》のソウル
中井由梨子

夢を抱えたまま、浅野大義は肺癌のために20年の生涯を終えた。告別式当日。１６４名の高校の吹奏楽部ＯＢと仲間達による人生を精一杯生きた大義のための１日限りのブラスバンド。感動の実話。

●好評既刊
祝福の子供
まさきとしか

母親失格——。虐待を疑われ最愛の娘と離れて暮らす柳宝子。二十年前に死んだ父親の遺体が発見され父の謎を追うが、それが愛する家族の決死の嘘を暴くことに。〝元子供たち〟の感動ミステリ。

恋《こい》はいつもなにげなく始《はじ》まって なにげなく終《お》わる。

林伸次《はやししんじ》

令和3年8月5日　初版発行

発行人――石原正康
編集人――高部真人
発行所――株式会社幻冬舎
〒151-0051東京都渋谷区千駄ヶ谷4-9-7
電話　03(5411)6222(営業)
　　　03(5411)6211(編集)
振替00120-8-767643
印刷・製本―中央精版印刷株式会社
装丁者――高橋雅之

幻冬舎文庫

ISBN978-4-344-43114-0　C0193　は-38-1

幻冬舎ホームページアドレス　https://www.gentosha.co.jp/
この本に関するご意見・ご感想をメールでお寄せいただく場合は、
comment@gentosha.co.jpまで。